小王子

Le Petit Prince

附：

夜間飛行 Vol de Nuit

安東尼・聖修伯里——著

Antoine de Saint-Exupéry

呂佩謙——譯

多次入圍「台灣法語譯者協會—法國巴黎銀行翻譯獎」

好讀出版

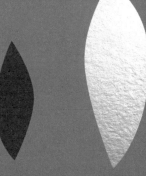

目次

Le
Petit
Prince

小王子

獻給雷翁・韋爾特（Léon Werth）

我請求孩子們原諒我，把這本書獻給一個大人。我有個相當重要的理由：這個大人是我在世界上最要好的朋友。我還有另外一個理由：這個大人了解所有的事，即使是寫給兒童的書他也能懂。還有第三個理由：這個大人住在法國，他這時候又餓又冷，需要有人安慰他。假如這些理由都不夠令人滿意的話，我願意把這本書獻給從前還是小孩的他，每個大人一開始都曾經是小孩子。（不過，只有少數幾個人記得這件事。）所以，我想把我的獻詞修改如下：

獻給小男孩時期的雷翁・韋爾特

一

在我六歲的時候，有一次，從書裡看到一張很精采的圖片，那是一本描寫原始森林的書，書名叫做《親身經歷的故事》。那張圖片上畫著一條正在吞食野獸的大蟒蛇。這裡是那張圖的複製。

這本書上說：「大蟒蛇嚼也不嚼，就把獵物整個吞下去。然後，牠們再也無法動彈，得睡上六個月來消化食物。」

就這樣，我對叢林中的種種冒險思索了很久，後來自己也拿起彩色鉛筆，成功地畫出我的第一幅圖畫。我的畫作一號是下面這樣：

我把我的傑作拿給大人看，問他們我畫的圖有沒有令他們感到害怕。

他們回答我：「一頂帽子有什麼好怕的？」

我圖上畫的不是一頂帽子。我畫的是一條大蟒蛇在消化肚子裡的大象。於是，為了讓大人能看懂我的圖畫，我把大蟒蛇的內部也畫出來了。大人總是需要解釋才能明白。我的作品二號就像這樣：

但是大人們勸我別管蟒蛇的肚子是開的或關的，把那些圖畫全擺到一邊去，反而要多多關心地理、歷史、算術和文法。我因此在六歲的時候放棄了成為畫家的輝煌生涯。我曾經對自己在圖畫一號和圖畫二號上的失敗，感到氣餒。大人從來就沒辦

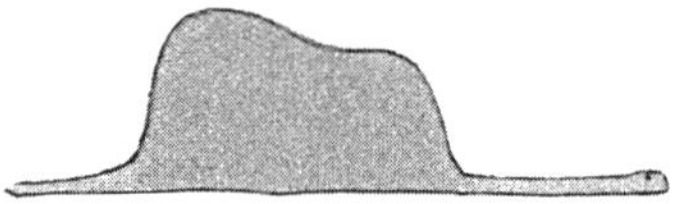

法單獨了解什麼事情，老是讓小孩一次次跟他們解釋，這實在累人。

所以，我不得不選擇另一個職業——學習駕駛飛機。我幾乎飛遍了世界各地。而地理的確幫了我許多忙，我能夠第一眼就分辨出中國和美國亞利桑那州的不同，這在夜間迷航的時候很有用。

一路走來，我得以有不少機會接觸到許多正經嚴肅的人。我在大人的圈子裡頭生活了很久，對他們做過很親近的觀察，可是我對他們的看法卻沒有太多改變。

當遇到一位看起來頭腦清晰的人時，我總會拿出我一直保存著的圖畫一號來試驗。我想知道這個人是否真的有理解能力，但他總是回答我：「這是一頂帽子。」這時，我就不和他談蟒蛇、原始森林，也不談星星。我會盡力去配合他的喜好，我對他說橋牌、高爾夫球、政治和領帶。這個大人會因為能認識一個如此通情達理的人而顯得相當高興。

二

我就這樣獨自一人生活，沒有一個可以真正談心的人，直到六年前我的飛機在撒哈拉沙漠裡故障了。飛機的引擎裡有東西壞掉了，我身旁既沒有機械師，也沒有乘客同行，所以我準備試著單獨完成艱難的修復工作。對我來說，這是攸關生死的大事，我所帶的飲用水只夠勉強維持八天。

第一天晚上，我就在遠離人類居住處千里外的沙地上睡覺。那種孤立的情況比起大海中坐在木筏上的船難受害者，是有過之而無不及。所以，你可以想像，當我在天剛亮，被一個奇怪的細微聲音叫醒時，我有多麼驚訝了。這個聲音說：

「拜託……請幫我畫一隻綿羊！」

「嗯?!」

「幫我畫一隻綿羊！」

我像被閃電擊中一樣，一躍而起。我把眼睛揉了又揉，好好瞧了瞧四周。這才看見一個非常奇特的小男孩，正認真地望著我。這裡有一張他的畫像，那是我

日後盡力畫他畫得最好的一張。不過，我的畫作當然遠遠比不上模特兒本人可愛動人。這不是我的錯，由於大人的緣故，我在六歲時就對自己的畫家生涯不抱任何希望，除了看不見裡面和看得見裡面的大蟒蛇之外，我不曾學著畫過什麼。

我瞪圓了雙眼，驚奇地望著眼前的景象。別忘了，我當時正處在距離人煙千里之外的地帶。然而，這個小小男孩看起來既不像迷路了，也沒有疲倦、飢餓、口渴或害怕至極的模樣。從外表一點也看不出，這是一個在距人類住所千里之遙的地區走失的小孩。在我終於能開口說話時，我對他說：

「可是你在這裡做什麼呢？」

而他只是輕輕對我重複之前的話，彷彿那是一件很重要的事：

「拜託……幫我畫一隻綿羊……」

當神祕的事物給人的感受太強烈時，人們是不敢不服從的。所以，對於我這個位在所有人類居住地千里外，面臨死亡威脅的人而言，儘管覺得舉動荒謬，我還是從口袋裡掏出一張紙和一枝鋼筆。可是，這時候，我記起自己過去把心力全都花在研讀地理、歷史、算術和文法。我因此告訴小男孩（帶著幾分不高興的語氣）我不會畫畫。他回答道：

「沒關係，幫我畫一隻綿羊。」

因為我從來沒有畫過綿羊，我於是給他畫了我唯一會畫的兩張圖其中一張——那條看不見裡面的大蟒蛇。在聽到這個小傢伙給我的回答時，我整個人愣住了：

「不是！不是！我不要一隻大象在蟒蛇的肚子裡。大蟒蛇太危險了，大象又太占空間了。我住的地方很小，我只需要一隻綿羊，幫我畫一隻綿羊。」

我只好畫了。

他專心看著我的畫，然後說：

「不行！這隻羊病得太嚴重了，再畫一隻。」

我又畫。

我的朋友一臉寬容的表情，溫和地微笑：「你看……這不是一隻綿羊，這是一隻牡羊。牠有犄角……」

於是我又再畫另外一張。

可是，這張圖就像前兩張一樣，又被拒絕了：

「這一隻太老，我要一隻可以活很久的綿羊。」

我失去了耐心，因為急著要開始拆卸馬達，所以就草草胡亂畫了這一張圖。

我拋下一句話：「喏，這是一個盒子，你要的綿羊就在裡面。」

然而，我很驚訝地看見我的小裁判臉上竟閃耀出光芒：

「我要的正是像這樣的綿羊！你想，這隻綿羊需要吃很

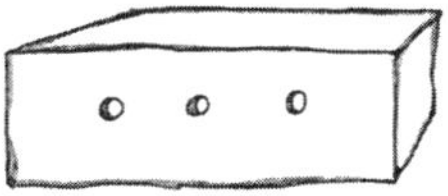

多草嗎？」

「為什麼這樣問？」

「因為我住的地方很小……」

「草一定夠的，我給你的是一隻很小的綿羊。」

他低下頭，湊近看圖畫：

「沒有你說的那麼小……瞧！牠睡著了……」

就這樣，我認識了小王子。

三

我花了好一段時間才明白他是從哪裡來的。小王子向我提出許多問題，卻似乎從來不聽我提出的疑問。是他不經意透露的話語，才讓我逐漸弄清楚他的來歷。譬如，當他第一次看到我的飛機時（我就不畫這架飛機了，這種圖對我來說太複雜了），他問我：

「這是什麼東西呢？」

「這不是一件東西，它會飛。這是一架飛機，我的飛機。」

我很驕傲能告訴他我會開飛機，只聽他大叫一聲：

「什麼！你是從天上掉下來的！」

「對。」我謙虛地回答。

「啊！這真有趣……」

小王子發出一串十分清脆的笑聲，這讓我很不高興，我希望別人能嚴肅看待我的不幸。他接著又說：

「那麼，你也是從天上來的！你住在哪個星球呢？」

我立刻隱約見到一絲線索，可以了解他神祕地出現在這裡的原因，我很快問道：

「所以，你是從另一個星球來的囉？」

可是他沒有回答我。

他一面看著我的飛機，一面微微點著頭說：

「的確，坐這東西，你不會是從很遠的地方來的……」

說著，他陷入沉思，久久不說話，然後，他從口袋裡拿出我畫的綿羊，出神地凝望著他這件寶物。

你可以想像，這種關於「另外一些星球」的說法，無異只透露了一半的隱

情，它觸發了我無盡的好奇。於是我愈加地想知道更多，我問：

「我的小傢伙，你是從哪裡來的呀？你家在哪兒？你要把我的綿羊帶到哪裡去呢？」

經過一段冥想般的沉默之後，他回答我：

「有了你給我的盒子，好處是晚上可以用它來當小羊的房子。」

「那當然。假如你乖乖聽話，我會再給你一條繩子，讓你可以在白天拴住牠，還有一根繫繩子的木樁。」

我的提議顯然讓小王子吃了一驚，他說：「拴住小羊？好奇怪的主意啊！」

「可是，如果你不拴住牠，牠會到處亂跑，會迷路……」

我的朋友再度笑了起來：

「你要牠往哪裡跑呀！」

「隨便哪裡，牠會直直地往前……」

這時候，小王子口氣嚴肅地說：「沒關係的，我家真的很小呢！」

接著，他似乎帶著些許傷感，又補充說：「往前直走，也走不了很遠的……」

四

我因此又得知了第二件很重要的事，那就是——他來自的星球不會比一棟房子大多少！

這倒沒有讓我太訝異。我知道在那些被命名的大行星，像地球、木星、火星、金星之外，太空中還存在好幾百個小行星，它們有些小得連用望遠鏡也很難看見。天文學家發現其中一顆時，就給它一個編號當作名字，例如稱它作「小行星3251號」。

我有充分的理由相信，小王子來自小行星B612號。

這顆小行星只在一九〇九年被一位土耳其天文學家用望遠鏡看到過一次。

這位天文學家曾經在國際天文學大會上，為他的發現進行一場盛大解說。

但是由於他穿著土耳其服裝，所以沒有人相信他說

的話。大人就是這樣。

還好，有一位土耳其獨裁者，為了小行星B612號的聲譽，立下規定，強迫他的人民改穿歐式服裝，否則處死。這位天文學家在一九二〇年時穿上非常優雅的服裝，重新發表演說。這一次所有人都同意了他的看法。

我之所以向你描述這些有關小行星B612號的細節，還告訴你它的編號，全都是因為大人的緣故。大人喜歡數字，當你跟他們談到一個新朋友時，他們從來不會對你提出真正重要的問題，他們從來不說：「他的聲音聽起來如何？他喜歡哪些遊戲？他收集蝴蝶標本嗎？」他們會問你：「他幾歲了？他有幾個兄弟？他的體重是多少？他的父親賺多少錢？」假如你跟大人說：「我看到一棟粉紅色磚頭蓋的美麗房子，窗台上有天竺葵，屋頂上有鴿子……」他們沒辦法想像這棟房子的模樣。你得說：「我看到一棟價值五千法郎的房子。」那麼，他們就會呼喊道：「多麼漂亮的一棟房子啊！」

所以，如果你對他們說：「小王子存在過的證據是他可愛動人，他想要一隻綿羊。當有人想要一隻綿羊時，就證明這個人是存在的。」大人會聳聳肩膀，把你當小孩一樣對待！但是，如果你向他們說：「小王子來自小行星B612號。」這時，他們就被說服了，不會再提一大堆問題來煩你。大人就是這樣。用不著抱怨他們，小孩子對大人應該要十分寬容。

不過，當然了，對於我們這些了解生活的人來說，是不會在乎數字的！我原本希望以童話的方式來講這個故事。我原本想這麼說：

「從前從前，有一個小王子，他住在一顆幾乎和他身體一樣大小的星球上，他需要一個朋友……」對那些了解生活的人而言，這樣的說法看起來會真實許多。

這麼多解釋，都是因為我不希望人們輕率地讀我這本書。在講述這些往事的時候，我感到非常悲傷。我的朋友帶著他的綿羊離開，已經六年了。我在此嘗試描寫他，為的就是不要忘記他。忘記一個朋友是件令人傷心的事。並不是所有人都有過一個朋友，而我有可能變得跟大人一樣只對數字感興趣，也正是為了這些

原因，我買了一盒顏料和一些鉛筆。以我的年紀，重新再畫圖實在很困難，而且除了六歲時畫過看不見裡面和看得見裡面的大蟒蛇之外，我就不曾再嘗試其他的畫。當然，我會盡可能把人像畫得逼真。但是，我沒有把握一定能成功。一張還可以，另一張卻不像。對身高比例也有些拿捏不準，這一張的小王子太高了，那一張他又太矮了。關於他衣服的顏色，我也十分猶豫，因此只能摸索著，勉強拼湊。最後，我很有可能弄錯了某些較重要的細節，這點得請大家原諒我。我的朋友從來都不說明或解釋，他或許以為我和他相似。但是，很可惜，我無法穿透箱子看見綿羊，我大概有點和大人一樣了。我一定是變老了。

五

每天我都會得知一些有關他的星球、他的出走，和旅行的事。這些都是從小王子偶然的想法裡一點一滴透露出來的。就這樣，在第三天，我知道了有關猴麵包樹的悲劇。

這一次仍然是綿羊幫的忙，因為，小王子像是被什麼嚴重的疑惑給困住似的，突然問我：

「綿羊真的會吃小灌木，對不對？」

「對，的確沒錯。」

「啊！我真高興。」

我不懂為什麼綿羊吃小灌木的事會這麼重要。不過，小王子接著又說：

「這麼說來，牠們也吃猴麵包樹了？」

我提醒小王子，猴麵包樹不是小灌木，而是像教堂一樣的大樹，我還說，就算他帶一群大象回去，這些大象也吃不完一棵猴麵包樹。

一群大象的想法讓小王子笑了：「那得把這些大象一隻一隻疊起來……」

但是，他又頗有智慧地指出：「猴麵包樹在長成大樹之前，開始時也是很小的。」

「完全正確！可是，為什麼你要你的綿羊吃小猴麵包樹呢？」

他回答我：「嘿！這還用說！」就好像那是再明顯不過的事了。但我必須費很大的心思才能自個兒弄懂這個難題。

原來，在小王子的星球上，就像在所有其他星球上一樣，長著有益的好草與有害的壞草。因此，也就有好草的好種子，和壞草的壞種子。可是，這些種子是看不見的，它們在泥土的祕密深處沉睡著，直到其中一粒忽然沒由來地甦醒。它於是伸展開來，首先怯生生地朝著太陽長出小蘿蔔或是玫瑰花的可愛小小嫩枝，這時可以讓它自由地隨意生長。不過，如果是有害的植物，一旦辨認出來，就必須立即拔除。而在小王子的星球上，存在一種可怕的種子……猴麵包樹的種子，

它們幾乎布滿了星球上的每一寸土壤。而且，如果太遲去處理一棵猴麵包樹，就再也無法把它清除，它會盤據整個星球，根部會穿透星球。假如星球太小，猴麵包樹又太多的話，就會使星球爆裂開來。

「這是個紀律問題，」小王子之後對我說，「早上梳洗完畢以後，就得要仔細打掃星球。必須規定自己定期拔除猴麵包樹的幼苗，它們很小的時候，和玫瑰花的幼苗長得很像，一旦能夠區別了，就得把它們拔掉。這個工作很無聊，但是很容易。」

有一天，他建議我用心畫一幅漂亮的圖畫，好讓我們地球的小孩能深刻了解這件事。「如果將來有一天他們外出旅行，

這對他們會很有用的，」他對我說，「有時候，延遲工作並不會帶來麻煩。可是，如果遇到的是猴麵包樹的話，那準是一場大災難。我知道一顆星球，上面住了一個懶惰的人。他曾經忽略了三棵小灌木……」

我依照小王子的說明，畫下了這顆星球。我一點也不喜歡用道德家的口吻來說話，但是，很少人知道猴麵包樹的危險，對於迷失在小行星上的人來說，會遭遇的危險又是這麼大，所以，這一回，我打破不愛說教的慣例。我要說：「孩子們！當心猴麵包樹！」我的朋友們和我一樣，長期以來多次差點兒要觸及這個危險，卻不認識它，正是為了警告他們注意這個危險，我才花了很大工夫畫下這幅圖畫。我提出的這個教訓，意義重大，多花一點心力是值得的。你也許會奇怪：為什麼這本書裡，沒有別的圖像猴麵包樹的圖那麼壯觀？答案相當簡單：我嘗試過，但沒有成功。當我畫猴麵包樹的時候，是一股急迫的心情在激發我作畫。

六

啊！小王子，我就這樣逐漸明白了你那小小的憂鬱生活。在很長一段時間裡，你唯一的樂趣就是看太陽西下時的溫柔風景。我是在第四天早晨知道這個新細節的，當時你對我說：

「我喜歡夕陽，我們一起去看一次夕陽……」

「可是，這必須要等一等……」

「等什麼呢？」

「等太陽下山。」

一開始，你露出很驚訝的樣子，隨後，你便嘲笑起自己來。你對我說：

「我一直以為還在我家呢！」

的確，大家都知道，當美國是中午的時候，在法國，太陽正西下。只要在一分鐘內去到法國，就可以觀賞落日，可惜法國太遠了。但是在你那麼小的行星上，你只需要把你的椅子挪動幾步就行了。每次當你想看黃昏景色時，隨時都可以欣賞得到。

「有一天，我看見了四十三次夕陽！」

過了一會兒，你又補充說：

「你知道……當人感覺很憂傷的時候，總喜歡看夕陽……」

「所以，你看四十三次夕陽那一天，是非常憂傷了？」

可是小王子沒有回答。

七

在第五天時，仍然多虧了綿羊，我又多探知了小王子生活中的這個祕密。他像是默默思考難題許久才得出結果似的，突然直截了當地問我：

「一隻綿羊，牠要是吃小灌木，也會吃花嗎？」

「一隻綿羊遇到什麼就吃什麼。」

「就連長刺的花，牠也吃嗎？」

「對，就算花長了刺，牠也吃。」

「那這些刺，有什麼用呢？」

我不知道。當時我正忙著想轉開馬達上一枚旋得太緊的螺栓，我內心非常憂慮，因為我開始發現飛機的故障似乎很嚴重，而飲用水一天天減少，我擔心，最壞的情況就快發生了。

「這些刺，有什麼用呢？」

小王子一旦提出問題，就不會放棄。我正被我的螺栓搞得心煩氣躁，於是隨便回答了一句：

「那些刺，一點用處也沒有，完全是出自花的惡毒心腸！」

「噢！」

但是，在一陣沉默過後，他帶著一種恨意，衝著我說道：

「我不相信！花是柔弱的，她們很單純，她們一直在盡力保護自己。她們以為有了這些刺，就能讓人害怕……」

我一句話也沒回答。在那時刻，我心裡正想著：「假如螺栓還不聽使喚，我就一槌把它敲壞。」小王子又一次打亂我的思緒：

「而你，你卻認為，這些花……」

「算了！別說了！我什麼想法也沒有！我是隨便回答的。我很忙，我有正經事要辦！」

他訝異地注視著我。

「正經的事！」

他望著我，我手裡握著鐵槌，手指上沾滿黑黑的機械污油，彎身在一台對他而言，非常醜陋的物體上。

「你說話就像大人一樣！」

他的話讓我有些慚愧。但是，他毫不留情地接著又說：

「你什麼都分不清……你把一切都混在一起！」

他真的非常生氣，他迎風搖晃著金黃色的頭髮：

「我認識一顆星球，上面有一位滿臉通紅的先生，他從來沒有聞過花的氣味，從來沒有注視過星星，他也從來沒有愛過任何人。除了算數之外，他什麼事也不做，他整天就像你一樣不停地說：『我有正經事！我是個嚴肅的人！』這讓他滿心驕傲。可是，這樣子根本不是人，是一個蘑菇！」

「一個什麼？」

「一個蘑菇！」

小王子當時氣得臉色發白。

「幾百萬年以來，花一直都在製造刺；幾百萬年以來，綿羊仍然要吃花。去弄清楚為什麼花兒要費那麼大的力氣，替自己製造沒有任何用處的刺，難道不算正經嗎？綿羊和花之間的戰爭難道不重要嗎？這些難道不比那個紅臉胖子先生的算數更正經、更重要嗎？而我，假如我認識一朵世界上唯一的花，除了在我的星球以外，不存在於任何別的地方，而一隻小羊有天早上就這麼一下子莫名其妙地把她毀掉了，這難道不重要嗎？」

他的臉紅了起來，接著又繼續說：

「假如有個人愛一朵花，那是在幾百萬顆星星裡獨一無二的一朵花，當他望著這些星星，便足以感到快樂。他對自己說：『我的花就在那其中的某個地方……』可是，假如綿羊把花吃掉，這對他來說，就好像，突然之間，所有的星星全都熄滅了！這難道不重要?!」

他無法再說下去，忽然抽噎著哭了起來，黑夜降臨。我早已丟下手中的工具，我不在乎自己的槌子、螺栓、乾渴和死亡。在一顆星星，一顆行星，我的行星，地球上，有一個小王子需要安慰！我將他抱在懷裡，輕輕搖晃著他。我對他說：「你愛的那朵花不會有危險的……我要給你的綿羊畫一個嘴套子……我要給你的花畫一件盔甲……我……」我不太知道該說什麼，我覺得自己非常笨拙，我不曉得要如何觸及他的心，或者說，與他的心靈交會……眼淚的國度是如此神祕。

八

我很快就對這朵花有了更多了解。在小王子的星球上，一直有些式樣很單純的花，只有一層花瓣，這些花不占地方，也不會打擾任何人。她們早晨在草叢中開放，晚上就凋謝了。但是那一株，卻是一粒不知道從哪裡來的種子，有一天發芽出來的。小王子早已密切監視這棵與其他幼苗不同的小苗，這有可能是新品種的猴麵包樹。可是這株小幼苗不久後就停止生長，準備開花。小王子看著小幼苗逐漸形成一個大花苞，他感覺到，一個神奇的景象就要從那兒展露出來。然而，這朵花卻藏在她的綠色房間裡，用了很長一段時間，不疾不徐地打扮自己。她仔細挑選顏色，慢慢裝飾，一片片調整花瓣的姿態。她不希望像虞美人花那樣才開花就全身皺巴巴的，她要讓自己出現的那一刻，充滿光彩奪目的美。啊！沒錯，她非常愛漂亮！她那神祕的梳妝打扮持續了一天又一天。然後，有一天早晨，正是太陽升起時分，她綻放了。

她已經那麼精心細緻地裝扮過了，卻打著哈欠說：

「啊！我才剛睡醒……真是抱歉……我的頭髮還亂蓬蓬的……」

這時小王子克制不住心中的讚嘆，說道：

「您真美！」

「可不是，」花輕柔地回答，「我是和太陽同一時間出生的……」

小王子看出來這朵花不太謙虛，可是她卻是那般美麗動人！

「我想現在是早餐時間了，」她沒多久又說，「有勞您替我著想……」

小王子感到很不好意思，趕緊找來一個裝了涼水的噴水壺，把水澆在花上。

就這樣，很快地，這朵花就用她那略帶多疑的虛榮心，折磨著小王子。譬如，有一天，在提到她的四根刺的時候，她對小王子說：

「老虎會張著爪子到這裡來喔！」

「我的星球上沒有老虎，」小王子抗議道，「而且老虎是不吃草的。」

「我不是草，」花輕聲回答。

「對不起……」

「我一點也不怕老虎，可是我討厭吹風，您沒有屏風嗎？」

「討厭吹風……這對一株植物來說，算不上好運，」小王子已經留意到了，「這朵花的心思可真複雜……」

「晚上您得用玻璃罩把我罩著，您這兒很冷，住起來不舒服，我來的那個地方……」

但是她停住，沒再往下說。她是以種子的形態來的，她根本不認識別的世界。她因為無意中被人發現正在拼湊一個如此天真的謊言，而感到羞愧，便咳嗽了兩三聲，好將錯誤歸給小王子：

「這個屏風呢……？」

「我正想去找，可是您在和我說話呢！」

這時，她又加重咳嗽了幾聲，為的是讓他感到內疚。

因此，儘管小王子內心有著真心誠意的愛，卻很快就對她產生懷疑。他把那些無關緊要的話看得太認真，變得非常悶悶不樂。

「我不該相信她的話，」有一天他向我透露，「絕不要聽花兒們說話，只需看看她們，聞聞她們的香氣就行了。我的那朵花讓我的星球充滿香氣，我卻不懂得去享受。那些關於老虎爪子的事情，曾經讓我惱火許久，而我原本應該對這些表示同情的……」

他還告訴我：

「我當時什麼都不了解！我應該從行為上，而不是從話語上評判她。她使我的生活散發著芬芳和光彩，我從來就不該跑掉的！我應該要猜到，在她不高明的伎倆後面，存在著一片柔情。花兒們就是這麼自相矛盾！可是，我太年輕了，不懂得如何愛她。」

九

我想小王子是利用一群野鳥遷徙的機會離開的。出發當天早上，他把他的星球整理得井然有序，他仔細地清理了他的活火山，他有兩座活火山，早上用來加熱早餐相當方便。他還擁有一座死火山，不過，正如他所說的：「以後的事誰也不知道！」所以，他把死火山也清理了一遍。火山如果清理通暢了，就會慢慢地、有規律地燃燒，不會爆發，火山爆發就像煙囪裡噴出火焰一樣。在我們的地球上，我們顯然是太小了，小到無法清理火山，所以火山才會給我們造成這麼多麻煩。

小王子也拔掉了最後幾株猴麵包樹的幼苗，他有些憂傷，他相信自己絕不會再回來了。所有這些日常熟悉的工作，在那天早上，對他而言，都顯得美妙極了。當他最後一次給花澆水，準備用玻璃罩保護她時，他發現自己禁不住快哭了。

「再見了。」他對花說。

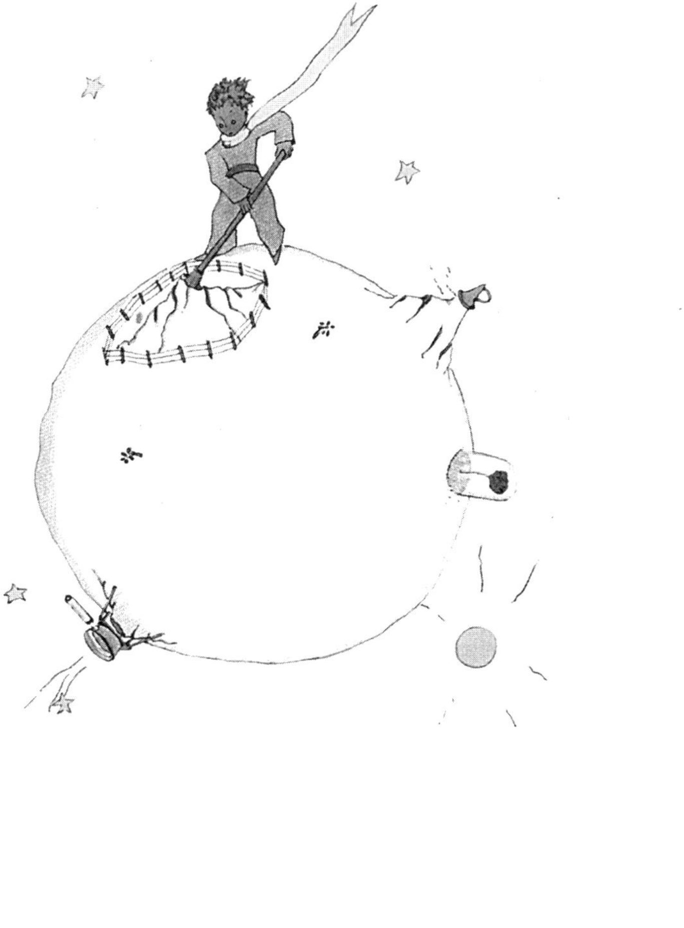

可是，她沒有回答他。

「再見了。」他又說了一次。

花咳嗽起來，但不是因為她感冒。

「我一度很愚蠢，」她終於開口對他說，「請你原諒我，你要努力快樂起來。」

花居然沒有責備他，這著實讓他感到驚訝。他手提著玻璃罩子，一臉不知所措地站在那兒，不理解她的這種平靜溫柔。

「確實，我愛你，」花對他說，「我錯在讓你一點都不知道。而現在，這些完全不重要了。你曾經也和我一樣愚蠢，現在，你要努力快樂起來……別管這個玻璃罩子，我再也不需要它了。」

「可是有風……」

「我的感冒沒有那麼嚴重……夜裡涼爽的空氣對我會有好處，我是一朵花。」

「可是那些蟲子和野獸……」

「如果想認識蝴蝶，總得先忍受兩三隻毛毛蟲，據說那些蝴蝶是很美的。不然，有誰來看我呢？而你會離我很遠。至於大野獸，我可一點也不擔心，我有爪子。」

她天真地展露她的四根刺，然後，又接著說：

「別再這麼拖拖拉拉了，很煩人的，你已經決定要離開，就走吧。」

因為，她不想讓小王子看見她哭泣。這是一朵非常驕傲的花……

十

他正處於小行星325號、326、327、328、329和330號所在的區域。於是，他開始拜訪這些行星，為的是在那裡找點事做，並且學習新知。

第一個行星上，住著一位國王。國王身穿紅色貂皮長袍，坐在一個樣式很簡單，卻威嚴十足的寶座上。

「啊！來了一個臣民。」國王瞧見小王子時，就喊了起來。

小王子暗自想：

「他還不曾見過我，怎麼會認識我！」

他不知道，對國王來說，世界非常簡單。所有的人都是臣民。

「靠近一點，讓我好好看看你。」國王對小王子說道，他很驕傲可以成為某人的國王。

小王子看看四周，想找個地方坐下，可是整個行星都被華麗的貂皮大衣占滿了。他只好立在那兒，因為疲倦，便打起哈欠來。

「在國王面前打哈欠是有違禮節的，」這位君王對他說，「我禁止你打哈欠。」

「我實在忍不住，」小王子窘迫地回答，「我剛剛做了長途旅行，一路上都沒睡覺……」

「那好吧！」國王對他說，「我命令你打哈欠，我已經好幾年沒見過人打哈欠了，哈欠對我倒是挺稀奇的。來吧！再打個哈欠，這是命令。」

「這反倒叫我害怕……我打不出哈欠來了……」小王子漲紅臉說。

「唔！唔！」國王回答，「既然如此，我命令你一會兒打哈欠，一會兒不打……」

他嘟噥著說不清楚，樣子顯得有些惱火。

因為國王最在乎的是他的權威要受到尊重，他不能容忍有人不服從。這是一個講求絕對的君王。可是，他的心地卻很善良，他給的命令都相當合理。

他常說：「假如我命令一位將軍變成一隻海鳥，如果這個將軍不服從命令，這不會是將軍的錯，而是我的錯。」

「我可以坐下嗎？」小王子膽怯地詢問道。

「我命令你坐下，」國王回答，說著，便莊重地把他那件鼬皮大衣的下襬往內挪動了一下。

不過，小王子感到很奇怪，行星那麼小，國王能在什麼東西上施行他的統治權呢？

「陛下……請原諒，我想問您……」

「我命令你問我話，」國王趕忙說。

「陛下……您統治什麼呢？」

「我統治一切，」國王非常簡單明瞭地答覆。

「統治一切？」

國王以淡淡的手勢，指著他的行星、別的行星以及更遠的星球。

「您統治這一切？」

「我統治這一切……」國王回答。

原來他不僅僅是一位講求絕對的君主，還是掌管宇宙的君主。

「那麼，星星都服從您的命令嗎？」

「當然了，」國王對他說，「它們立刻服從。我不能容忍不守紀律。」

這樣的權力讓小王子驚嘆。如果他自己擁有這種權力，就可以在同一天裡，看到不只四十四次，而是看到七十二次，或者甚至一百次，甚至兩百次的落日了，而且完全用不著搬動椅子！他記起他那被遺棄了的小行星，正感到有些傷心，因此，他鼓起勇氣請求國王恩賜，他說：

「我想看夕陽……請求您……命令太陽下山吧……」

「假如我命令一個將軍，像蝴蝶一樣從一朵花飛到另一朵花，或者命令他寫一齣悲劇，或變成一隻海鳥，如果他不執行接到的命令，那麼，誰有錯，是他還是我？」

「是您錯。」小王子堅定地說。

「完全正確。要求每個人的事應該是他們能做到的事，」國王接著說，「權威首先就是建立在理性的基礎上。假如你命令你的人民去跳海，他們可就要起來革命了。我有權要求別人服從，因為我的命令都是合理的。」

「那麼我的夕陽呢？」小王子提醒道，他一旦提出問題，就從來不會忘記。

「你會看到你的夕陽的，我會要求太陽下山。不過，依照我的治理技能，我得等到情勢有利的時候。」

「這會是什麼時候呢？」小王子詢問。

「嗯！呃！」國王一面回答，一面開始翻閱一本厚厚的日曆，「嗯！呃！這會是，大約是……接近……這會是今天晚上將近七點四十分的時候！你等著看，我的命令會被好好服從的。」

小王子又打起哈欠來，他遺憾沒有看到夕陽，再說，他已感到有點厭煩：

「我在這裡已經沒什麼事可做了，」他對國王說，「我要走了！」

「別走，」國王回答，他是這麼驕傲能有一個臣民。「你別走，我任命你當大臣！」

「什麼大臣？」

「呃……司法大臣！」

「可是，這裡沒有人可以審判！」

「這可說不定，」國王對他說，「我還沒有巡視過我的王國，我太老了，我沒有擺放大馬車的地方，走路又讓我覺得很累。」

「喔！可是我已經看過了，」小王子說道，並且俯身朝行星的另一側看了一眼，「那邊也沒有人……」

「所以你可以審判你自己，」國王回答他，「這是最困難的，審判自己比起審判別人要困難多了。你要是能審判好你自己，你就是一個真正明智的人。」

「我嘛，」小王子說，「我可以在任何地方審判我自己，不需要住在這裡。」

「嗯！嗯！」國王說，「我確信，在我星球上的某處有一隻年紀很大的老鼠。夜裡，我聽見過牠的聲音，你可以審判這隻老鼠，你可以時不時地判處牠死刑，這樣牠的生命就以你的判決而定。可是，為了節約起見，你每次判刑後就要赦免牠，因為只有一隻老鼠。」

「我啊，」小王子回答，「我不喜歡判死刑，我想我還是要走。」

「不行，」國王說。

小王子在完成準備之後，並不想讓老君主難過，便說道：

「如果陛下希望分毫不差地得到服從，可以給我下一道合理的命令。譬如，您可以命令我在一分鐘之內離開。我覺得情勢非常有利……」

國王一句話也沒有回答，小王子先是一陣猶豫，接著嘆了一口氣，就離開了。

「我任命你做我的大使，」國王這時候才急忙高聲說道。

他露出一副非常威嚴的模樣。

「大人們真是奇怪，」小王子在旅途中心裡這麼想。

十一

第二個行星上住著一位愛慕虛榮的人。

「啊！哈！有個崇拜者來看我了！」愛慕虛榮的人才遠遠地瞧見小王子就高聲喊道。

對愛慕虛榮的人來說，別人都是他們的仰慕者。

「您好，」小王子說，「您的帽子很奇特。」

「這是向人致意用的，」愛慕虛榮的人回答他，「當人們對我鼓掌的時候，我就用帽子致意。可惜，從來沒有人經過這裡。」

「噢，是嗎？」小王子不明白他的意思。

愛慕虛榮的人於是提議道：「你把兩隻手互相拍幾下。」

小王子把兩隻手對拍起來。愛慕虛榮的人謙虛地舉起他的帽子來致意。

「這可是比拜訪國王的時候有趣多了，」小王子心裡想。他又開始擊掌，愛慕虛榮的人也再度舉起帽子向他致意。

這樣做了五分鐘之後，小王子對這個單調的遊戲感到厭倦了：

「該怎麼做，帽子才會掉下來呢？」他問道。

可是，愛慕虛榮的人沒聽他說話。愛慕虛榮的人們只聽得見讚美的話。

「你真的很崇拜我嗎？」他問小王子。

「崇拜是什麼意思？」

「崇拜的意思是承認我是行星上長得最帥，穿得最好看，最有錢、最聰明的人。」

「可是在這個行星上，只有你一個人呀！」

「拜託讓我高興一下，你還是崇拜我吧！」

「我崇拜你，」小王子說，一邊微微地聳了聳肩膀，「可是，這件事到底有什麼地方讓你這麼感興趣呢？」

小王子跑開了。

「大人們確實相當奇怪，」小王子在旅途中暗自這麼想。

十二

接下來的這個星球上，住著一位酗酒的人。這次的拜訪非常短暫，可是，卻使小王子陷入深深的憂傷中。

「你在這裡做什麼？」他對酒鬼說，他發現這個人默默地坐著，面前擺了一大堆瓶子，有空的也有裝滿的。

「我在喝酒。」酒鬼神情淒涼地回答。

「你為什麼喝酒呢？」小王子問他。

「為了遺忘。」酒鬼回答。

「為了遺忘什麼呢？」小王子詢問，他心裡早已產生對這個人的同情。

「為了忘記我的羞愧。」酒鬼低下頭，

坦白說道。

「羞愧什麼呢？」小王子想要幫忙他，便進一步詢問，

「羞愧我喝酒！」酒鬼說完話，就再也不開口了。

小王子滿心困惑地離開了。

「大人們確實相當奇怪，」小王子在旅途中心裡暗自想著。

十三

第四個行星是屬於一位商人的。這個人非常忙碌，小王子到達的時候，他甚至連頭也沒抬一下。

「您好，」小王子對他說，「您的香菸熄了。」

「三加二等於五，五加七等於十二，十二加三，十五。你好。十五加七，二十二，二十二加六，二十八。沒有時間再點菸了。二十六加五，三十一。呼！所以一共是五億一百六十二萬二千七百三十一。」

「五億什麼呢？」

「嗯？你還在那裡啊？五億一百萬……我不知道是什麼……我太忙了！我是很嚴肅的，我，我沒工夫閒聊！二加五等於七……」

「五億一百萬什麼，」小王子又重複了一次，他一旦提出問題，就絕對不會放棄。

商人抬起頭來，說：

「我在這個星球住了五十四年以來，只被打擾過三次。第一次是在二十二年前，被一隻不曉得從哪裡掉下來的金龜子擾亂了，牠發出一種可怕的噪音，害我算錯了四個加法。第二次是十一年前，我的風濕病發作，我可是很嚴肅的人，沒時間運動。第三次……就是現在了！所以，我說五億一百萬……」

「好幾百萬什麼？」

商人明白，想安靜是沒希望了：

「好幾百萬個小東西，我們有時候會在天空中看見的小東西。」

「蒼蠅嗎？」

「不是，是會閃閃發亮的小東西。」

「蜜蜂嗎？」

「不是，是那種會讓懶惰的人胡思亂想的小東西，但我是個很嚴肅的人！我沒有時間胡思亂想。」

「啊！是星星嗎？」

「就是這個，星星。」

「你要這五億顆星星做什麼？」

「五億一百六十二萬二千七百三十一顆，我是個嚴肅的人，我講求精確。」

「你要這些星星做什麼？」

「我要它們做什麼？」

「對。」

「什麼都不做，我擁有它們。」

「你擁有這些星星？」

「是呀。」

「可是，我曾經見過一個國王，他……」

「國王們不擁有，他們統治。這非常不同。」

「擁有這些星星對你有什麼用呢？」

「這會讓我變得很有錢。」

「變得很有錢對你有什麼用呢？」

「可以去買其他星星，假如有人發現別的星星的話。」

小王子暗自想道：「這個人，他想問題的方式倒是有點像那位酒鬼。」

不過，他又提了一些問題：

「你怎麼可能擁有星星呢？」

「要不然，它們會是誰的？」商人很不高興地反駁道。

「我不知道，它們不屬於任何人。」

「那麼，它們就是我的，因為我是第一個想到這件事的人。」

「這樣就夠了嗎？」

「當然了。當你發現一顆不屬於任何人的鑽石，它就是你的；當你發現一座沒有主人的島嶼，它就是你的；當你最先想出一個主意，你拿它去申請專利，它就是你的。而我嘛，我擁有這些星星，因為在我之前，從來沒有人想過要擁有它們。」

「這倒是真的，」小王子說，「你拿它們來做什麼？」

「我管理它們，把它們數過一遍又一遍，」商人說，「這件事相當困難，可是我是一個嚴肅認真的人！」

小王子仍然不滿意。

「我呢，如果我擁有一條圍巾，我可以把它繞在我的脖子上，而且隨身帶著它；如果我擁有一朵花，我可以把花摘下來，帶著它走。但是，你卻不能摘下這些星星呀！」

「我是不能，不過我可以把它們存放在銀行裡。」

「這是什麼意思呢？」

「這就是說，我將這些星星的數目寫在一張小紙條上，然後我用鑰匙把這張紙條鎖在一個抽屜裡。」

「就這樣而已嗎？」

「這樣就可以了！」

「真有趣，」小王子想道，「這算是夠詩意的了，可是卻不太嚴肅。」

對於什麼是嚴肅的事，小王子的看法和大人很不相同。

「我，」他又接著說，「我擁有一朵花，我每天為她澆水；我擁有三座火山，我每個星期都清理它們，我也清理那座死火山，誰都不知道將來會發生什麼事。我擁有火山和花，這對我的火山很有用，對我的花也很有用。可是，你對星星卻沒有用處……」

商人張開嘴巴，卻想不出什麼可回答的，小王子就走開了。

「大人們確實奇怪得很。」他在旅途中兀自這樣想著。

十四

第五顆行星非常奇特，那是所有行星中最小的一顆，上面的空間恰好足夠容納一柱路燈和一個點路燈的人。小王子無法解釋在天空的某處，這個既沒有房屋也沒有居民的星球上，路燈和點燈人會有什麼用處。然而，他告訴自己：

「這個人也許相當荒謬，但是，比起國王、愛慕虛榮的人、商人和酒鬼，他還算是比較不荒謬的，至少他的工作有點意義。當他點亮路燈的時候，就好像他使世界多了一顆星星，或是一朵花。當他熄滅路燈時，就像是讓花或星星睡著了，這是一個非常美好的工作。既然美好，所以也就十足有用了。」

當小王子登陸行星時，他恭敬地向點燈人打招呼：

「你好，你剛才為什麼熄滅你的路燈呢？」

「這是規定，」點燈人回答，「早安。」

「規定是什麼？」

「就是熄掉我的路燈，晚安。」

他又把路燈點亮。

「可是，你為什麼又點亮路燈呢？」

「這是規定，」點燈人回答。

「我不明白，」小王子說。

「沒什麼要明白的，」點燈人說，「規定就是規定。早安。」

他熄滅路燈。

然後，他用一條紅格子的手帕擦拭額頭上的汗。

「我做的是一項很繁重的工作。從前還算合理，早上熄燈，晚上點燈，剩下的時間，我白天用來休息，夜裡可以睡覺……」

「從那以後，規定改變了？」

「規定沒改變過，」點燈人說，「這才是問題的所在！一年過一年，行星轉得越來越快，而規定卻沒有變！」

「結果呢？」小王子說。

「結果，現在它一分鐘轉一圈，我連一秒鐘的休息時間也沒有。每分鐘我都要點燃和熄滅一次！」

「這真是太有趣！你這裡的白天只有一分鐘！」

「一點也不有趣，」點燈人說，「我們在一起說話已經有一個月了。」

「一個月？」

「對，三十分鐘，三十天！晚安。」

他又把路燈點亮了。

小王子望著他，他喜歡這個點燈人這麼忠於他的規定。他回憶起自己從前挪動椅子就能看夕陽的事，想幫助他的朋友：

「你知道……我曉得一個方法，能讓你想休息，就可以休息……」

「我一直都想休息，」點燈人說。

因為，一個人是可以同時又忠實又懶惰的。

小王子繼續說道：

「你的星球這麼小，你跨三步就可以繞一圈了。你只要慢慢走，便能一直處在太陽下。當你想休息的時候，你就走路……那麼，你希望白天有多長，它就有多長。」

「這並不能幫我什麼忙，」點燈人說，「在生活裡我喜歡的就是睡覺。」

「真是不幸。」小王子說。

「是不幸，」點燈人說，「早安。」

他熄滅了他的路燈。

小王子在繼續他更遙遠的旅程時，心裡想著：「這個人大概會被其他那些人，像國王、愛慕虛榮的人、酒鬼、商人瞧不起。可是，他卻是唯一不讓我覺得可笑的人，或許是因為他所照管的不是他自己，而是別的事。」

他惋惜地嘆了一口氣，又思忖道：

「這個人原本是我唯一可以做朋友的人，可是他的星球實在太小了，容不下兩個人……」

小王子沒有勇氣承認的是，他惋惜無法留在這顆令人讚美的星球，主要原因是，這裡每二十四小時就有一千四百四十次夕陽！

十五

第六個星球比上一顆大上十倍。這裡住著一位老先生，他正在撰寫幾本厚重的大書。

「瞧！來了一個探勘員！」老先生看見小王子時，就喊了起來。

小王子倚坐在桌子上，有點氣喘吁吁的，他已經做了這麼長的旅行了呀！

「你從哪裡來的？」老先生問他。

「這厚厚一大本是什麼書？」小王子說，「你在這裡做什麼呢？」

「我是地理學家，」老先生說。

「什麼是地理學家？」

「就是一個學者，他知道哪裡有海洋、河流、城市、山脈和沙漠。」

「這倒是挺有趣的，」小王子說，「這個才算是真正的職業呢！」他環顧了一下這個地理學家的星球。他還不曾見過這麼壯觀的行星。

「你的星球真美，上面有海洋嗎？」

「我沒辦法知道。」地理學家說。

「啊！」小王子感到失望。

「那有山脈嗎？」

「這我沒辦法知道。」地理學家說。

「城市、河流和沙漠呢？」

「這我也沒辦法知道。」地理學家說。

「可是您是地理學家耶！」

「一點也沒錯，」地理學家說，「但我不是探勘員，我手下一個探勘員也沒有。地理學家不去計算城市、河流、山脈、大海和沙漠，地理學家太重要了，不可能到處逛，他不會離開他的辦公室。不過，他接見不少探勘員，他詢問這些探勘員，把他們的回憶記錄下來。假如他覺得探勘員中有一位的回憶值得留意，地理學家就對這個探勘員的品

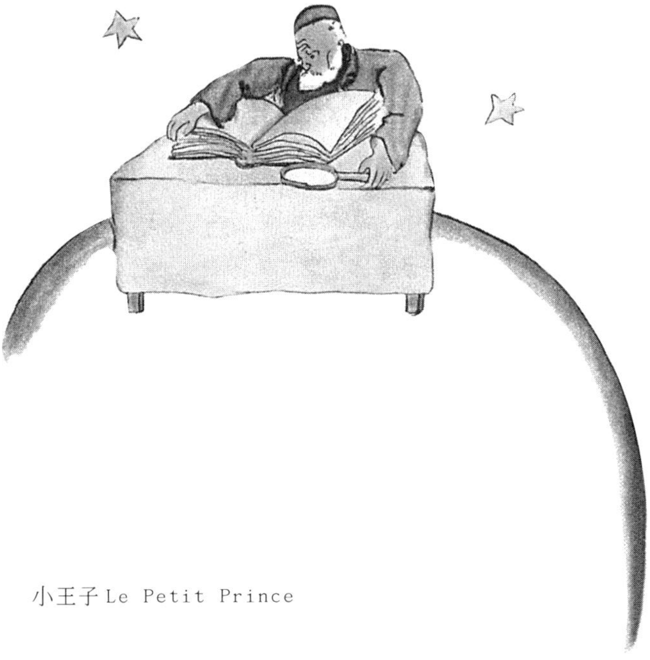

德進行調查。」

「為什麼?」

「因為一個說謊的探勘員會給地理書的內容帶來災難，一個太愛喝酒的探勘員也同樣危險。」

「為什麼?」小王子問。

「因為酒鬼會眼花，那麼地理學家就會把原本只有一座山的地方，記錄成兩座山。」

「我認識一個人，」小王子說，「他恐怕是個壞探勘員。」

「有可能，所以，如果探勘員的品行看起來不錯，就要去調查他的發現。」

「出發去看一看嗎?」

「不，這樣太麻煩了。不過，我們會要求探勘員提供證據，比方說，如果是有關一座大山的發現，就會要求他帶一些大石頭來。」

地理學家忽然晃了一下。

「可是你，你是從遠方來的呀!你也是探勘員!你來給我描述一下你的星球吧!」

地理學家翻開他的記錄簿，削尖了他的鉛筆。他先用鉛筆記下探勘員的敘述，等到探勘員提供證據以後，再用墨水筆作記錄。

「如何？」

「喔！我住的星球，」小王子說，「它不是很起眼，它小小的。我有三座火山，兩座會噴發，一座熄滅了。不過，誰知道它將來會不會又活過來了。」

「將來的事很難說。」地理學家說。

「我還有一朵花。」

「我們不記載花朵的事。」地理學家說。

「為什麼不？花可是很漂亮的！」

「因為花朵是短暫的。」

「什麼叫做『短暫』？」

「地理學的書是所有書籍裡最珍貴的，」地理學家說，「這種書從來不會過時，一座山很少會改變位置，也幾乎沒聽說有海洋乾涸了的。我們寫的是永恆的事物。」

「可是熄滅了的火山可能會再活過來，」小王子打斷地理學家的話，「什麼叫做『短暫』？」

「火山是熄滅的或是醒著的，對我們這些人來說，都是一樣的，」地理學家說，「對我們而言，重要的是山。山是不會改變位置的。」

「可是，什麼叫做『短暫』？」小王子又重複了一次，他一旦提出問題，就絕對不會放棄。

「意思是『有隨時會消失的可能』。」

「我的花隨時可能會消失嗎？」

「當然了。」

「我的花是短暫的，」小王子心裡想著，「她只有四根刺來保衛自己不受外界侵擾！而我卻把她獨自留在家裡！」

這是他第一次感到懊悔。不過，他又重新振作起來：

「您能建議我去拜訪什麼地方嗎？」他問。

「地球，」地理學家回答他，「這顆行星聲譽很好……」

小王子一邊想著他的花，一邊就離開了。

十六

所以，小王子拜訪的第七個星球就是地球。

地球可不是一顆普通的星球！這裡有一百一十一個國王（當然，不能忘記還有黑人國王）、七千位地理學家、九十萬個商人、七百五十萬個酒鬼、三億一千一百萬個愛慕虛榮的人，也就是說，大約有二十億個大人。

為了讓你們對地球的大小有一個概念，我來告訴你們——在發明電之前，在六大洲上，為了點路燈，就必須雇用四十六萬二千五百一十一個點燈人，簡直就是支十足的大軍隊。

如果從稍微遠一點的地方望過來，會給人一種壯麗輝煌的印象。這支大軍的行動，就像歌劇院的芭蕾舞動作一樣，安排得井然有序。首先登台的是紐西蘭和澳洲的點燈人，這些人點燃小油燈以後，就睡覺去了。這時，輪到中國和西伯利亞的點燈人投入舞蹈，然後，他們也隱身在舞台後面。接著出現的是俄國和印度的點燈人，然後是非洲和歐洲的，隨後是南美洲的，再隨後是北美洲的。他們從來不會搞錯上場的次序，真是令人稱奇。

唯獨，北極只有一位點燈人，與他在南極的同行過著悠閒懶散的生活，他們每年只工作兩次。

十七

如果人想要表現得風趣聰明，免不了會說點謊。我在向你們提到點燈人的時候，就不太誠實。這可能會給那些不認識我們星球的人一個錯誤的概念。人類在地球上所占據的空間非常小，假如居住在大地上的二十億居民全都站立著，而且像參加群眾大會一樣，靠得緊一些，那麼他們可以舒適地待在一個長寬各二十英里的公共廣場上，也就是說，可以把全部人類都塞在太平洋最小的小島上。

大人當然不會相信你們的話。他們自以為占據很大的空間，他們把自己看作有如猴麵包樹一樣了不起。你們可以建議他們計算一下，他們非常喜歡數字，這樣做會讓他們很高興。可是，別浪費你們的時間在這種乏味煩人的工作上，這毫無用處，你們可以相信我。

小王子到了陸地上卻一個人也沒看到，他感到很驚訝。正擔心走錯了星球，這時候有一圈閃著月色的環狀物在沙地上蠕動。

「晚安。」小王子帶著碰運氣的心情隨口說。

「晚安。」蛇說道。

「我落在哪個星球上了？」小王子問。

「地球上，在非洲。」蛇回答。

「啊！……所以地球上一個人也沒有嗎？」

「這裡是沙漠，沙漠裡沒有人，地球是很大的。」蛇說。

小王子坐在一塊石頭上，抬起眼睛望向天空，他說：

「我在想，星星發出亮光，是不是為了讓每個人將來有一天都能重新找到自己的星球。看，我的行星，它就在我們的正上方……可是，它好遙遠啊！」

「它很美，」蛇說，「你來這裡做什麼？」

「我和一朵花相處得不愉快。」小王子說。

「噢！」蛇說。

他們沉默了。

「人們在哪裡呢？」小王子終於又開口了，「在沙漠裡，有點孤單……」

「在人群裡，也一樣會感到孤單，」蛇說。

小王子望了蛇許久：

「你是個奇怪的動物，」他終於對蛇說，「你細得就像一隻手指……」

「可是，我卻比一個國王的手指更有威力，」蛇說。

小王子微微一笑：

「你才沒有威力呢，你連腳也沒有……你甚至沒辦法旅行……」

「我可以把你帶到很遠的地方，比一艘船去得更遠。」蛇說。牠環繞在小王子的腳踝上，就像一只金手鐲：

「凡是被我碰觸的人，我就把他送回他來的地方，」蛇又說話了，「可是，你很純潔，你是從一

顆星星來的……」

小王子沒有回答。

「我真可憐你，在這個花崗岩[1]的地球上，你是這麼脆弱。如果有一天你太想念你的星球的話，我可以幫忙你。我可以……」

「噢！我很了解你的意思，」小王子說，「可是，為什麼你說話老是像講謎語似的？」

「這些謎語，我可是全都能解答呢，」蛇說。

他們又沉默了。

1 花岡岩是地球板塊的主要組成成分之一。法語「花崗岩的心」是用來形容一個人鐵石心腸。

十八

小王子穿越沙漠，只遇到一朵花，一朵長著三片花瓣的花，一朵平凡不起眼的花……

「你好。」小王子說。

「你好。」花說。

「人們都在什麼地方呢？」小王子有禮貌地問道。

這朵花在某天曾看見一支駱駝商隊經過這裡：

「人類嗎？我想大概有六七個，幾年前，我瞧見過他們。可是，卻不知道去哪裡可以找到他們。風吹著他們到處走，他們沒有根，這給他們帶來許多不方便。」

「再見了。」小王子說。

「再見。」花說。

十九

小王子爬上一座高山。他過去所知道的山，就只是三座高度到他膝蓋的火山，他還把那座死火山當做凳子來使用。小王子因此想：「從這麼高的山上，我一定一眼就能瞧見整個星球和所有的人……」可是，他看見的只是一些尖銳岩石構成的山峰。

「你好。」他試探著說。

「你好……你好……你好……」回音回答道。

「你們是誰？」小王子說。

「你們是誰……你們是誰……你們是誰……」回音回答。

「請做我的朋友，我很孤單。」他說。

「我很孤單……我很孤單……我很孤單……」回音回答。

「多麼奇怪的星球啊！」他想道，「這裡又乾燥，又銳利，又鹹澀，而且人們一點想像力也沒有，只會重複別人對他們說的話……在我住的地方，我有一朵花，她總是先開口說話……」

二十

但是有一次，小王子行走了很久，越過沙漠、岩石和雪地，終於發現了一條大路。所有的大路都是通往人類住處的。

「你好。」他說。

這是一個開滿玫瑰的花園。

「你好。」玫瑰花說。

小王子看著這些花，她們全都很像他的那朵花。

「你們是誰？」他很驚訝地問她們。

「我們是玫瑰花。」花兒們說道。

「啊！」小王子發出這麼一聲……

他感到非常傷心，他的花曾經告訴過他，說她是宇宙中獨一無二的花。然而在這裡，單單在這一座花園

裡，就有五千株一模一樣的這種花！

「如果她看到這些，一定會很氣惱……」小王子心裡想，「她一定會咳嗽得很厲害，她會假裝死掉，來避免被嘲笑。而我得要假裝地照顧著她，因為不這樣做的話，她為了讓我難堪，可能就會真的死了……」

接著，他又想：「我一直以為自己擁有一朵獨一無二的花，其實，我有的只是一朵普通的玫瑰花。這朵花和那三座只有我膝蓋高度的火山，其中一座還可能永遠熄滅了，這些不會使我成為一個了不起的王子……」他躺在草叢裡，哭了起來。

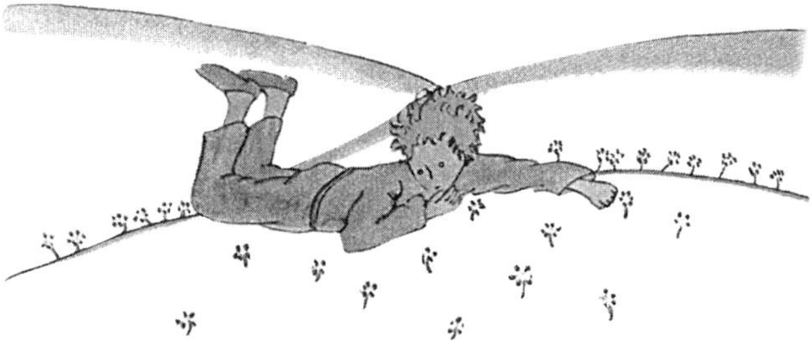

二十一

就在這時候，狐狸出現了。

「你好。」狐狸說。

「你好。」小王子很有禮貌地回答，他轉過身來，可是什麼也沒看見。

「我在這裡，」那個聲音說，「在蘋果樹下。」

「你是誰？」小王子說，「你好漂亮……」

「我是一隻狐狸。」狐狸說。

「來和我玩吧，」小王子對牠提議道，「我很悲傷……」

「我不能和你玩，」狐狸說，「我還沒有被馴服。」

「啊！對不起。」小王子說。

但是，他思索了一會兒，又說道：

「『馴服』是什麼意思呀？」

「你不是這裡的人，」狐狸說，「你來尋找什麼嗎？」

「我尋找人類，」小王子說，「『馴服』是什麼意思？」

「人類，」狐狸說，「他們有槍，而且他們打獵，這實在很礙事！他們也養雞，這是他們唯一的好處。你想尋找雞嗎？」

「不，」小王子說，「我想尋找朋友。『馴服』是什麼意思？」

「這是一件老早就被遺忘的事，」狐狸說，「它的意思是『建立關係……』」

「建立關係？」

「一點兒也沒錯，」狐狸說，「對我而言，你還只不過是一個小男孩，就跟千萬個小男孩一樣，沒有什麼不同。我不需要你，你也不需要我。對你而言，我也只像千萬隻狐狸一樣。但是，如果你馴服了我，我們就會彼此需要。你對於我，將是世界上唯一的；我對於你，也會是世界上唯一的……」

「我有點懂了，」小王子說，「有一朵花……我想，她把我馴服了……」

「有可能，」狐狸說，「在地球上，各種各樣的事情都有……」

「啊！那不是地球上的事。」小王子說。

狐狸顯得非常好奇：

「是在另一個星球上嗎？」

「對。」

「那個星球上有獵人嗎？」

「沒有。」

「這倒是有意思！那麼，有雞嗎？」

「沒有。」

「沒有十全十美的事，」狐狸嘆了一口氣。

不過，狐狸又回頭提牠的想法：

「我的生活很單調。我獵捕雞，人類獵捕我。所有的雞長得都一樣，所有的人也都一樣，所以，我感到有些厭煩。可是，假如你馴服我，我的生活會像有陽光照耀一樣，充滿歡樂；我會認得一個腳步聲，它和所有其他的腳步聲不同，別的腳

步聲讓我躲到地底下，你的腳步聲會像音樂一樣，把我從洞穴裡呼喚出來。再說，你瞧！你看到那邊的麥田嗎？我不吃麵包，小麥對我毫無用處，這些麥田不會讓我想起任何事，這挺可悲的！可是，你有金黃色的頭髮，那麼，當你馴服了我，那將會是多麼美妙啊！金黃色的小麥會讓我想起你，我將喜歡上風吹過小麥的聲音……」

狐狸沉默了，牠久久地看著小王子：

「請你……馴服我吧！」

「我很願意，」小王子回答，「但是我沒有太多時間，我想去認識朋友，還想去了解許多事。」

「我們只會了解我們馴服的事物，」狐狸說，「人們不再有時間來了解任何事物了，他們到商人那裡購買現成的東西。不過，因為沒有賣朋友的商人，所以，人們再也沒有朋友。如果你想要一個朋友，就馴服我吧！」

「該怎麼做呢？」小王子說。

「必須要非常有耐心，」狐狸回答，「你開始時坐得離我稍微遠一些，像這樣，坐在草叢裡，我用眼角看著你，你什麼也不必說，語言是誤會的源頭。不過，每天，你可以坐得更靠近我一點……」

第二天，小王子又來了。

「最好是同一個時間來，」狐狸說，「比方說，如果你下午四點的時候來，從三點起，我就會開始有快樂的感覺。時間越接近，我會越感到快樂。到了四點，我將坐立不安，我會擔心起來，我將發現幸福的代價！可是，假如你隨便什麼時間來，我就不知道什麼時候該把我的心情準備好……應該要有儀式。」

「什麼是『儀式』？」小王子說。

「這是一件被遺忘了很久的事，」狐狸說，「就是儀式使得某一天與其他日子不同，某個時刻與其他時刻不同。譬如，

我的那些獵人就有一個儀式，他們每星期四都和村子裡的女孩跳舞，所以，星期四就是美好的日子！我可以一直散步到葡萄園。假如獵人不管什麼時候都跳舞，日子天天都一樣，我就沒有假期了。」

就這樣，小王子馴服了狐狸。當離開的時刻接近時：

「啊！」狐狸說……「我會哭泣的。」

「這是你的錯，」小王子說，「我不希望你難過，可是你卻要我馴服你……」

「沒錯。」狐狸說。

「可是你會哭呀！」

「當然。」狐狸說。

「那麼，你什麼好處也沒得到！」

「我得到了，」狐狸說，「因為小麥顏色的緣故。」

然後，牠又接著說：

「再去看看那些玫瑰花，你會明白你的花是世界上唯一的。等你回來跟我說再會時，我要送你一個祕密做為禮物。」

小王子又跑去看那些玫瑰。

「你們和我的玫瑰一點兒也不像，你們什麼也還不是，」他對她們說，「沒有人馴服過你們，你們也沒有馴服過任何人。你們就像我的狐狸從前那樣，牠那時候只是和千萬隻狐狸一樣的一隻。可是，我讓牠成為了我的朋友，而現在，牠就是世界上獨一無二的。」

那些玫瑰花聽了都覺得很困窘。

「你們很漂亮，但你們也很空虛，」小王子還對她們說，「沒有人會為你們而死。當然了，我的那朵玫瑰花，一個普通的過路人會以為她像你們一樣。但是，她單單一朵就比你們全部都更重要，因為她是我曾經澆水的那朵花；因為她是我曾經用屏風來保護的那朵花；因為我殺一些毛毛蟲（除了留下兩三隻讓它們變蝴蝶）是為了她；因為，我聆聽過她埋怨、炫耀，甚至有時也聆聽她的沉默。因為，她是我的玫瑰。」

小王子再次回來狐狸身邊：

「再見了。」他說……

「再見，」狐狸說。「喏，這是我的祕密，它很簡單：只有用心靈才能看得清事物。真正重要的東西是眼睛看不見的。」

「真正重要的東西是眼睛看不見的。」小王子重複著，好讓自己記住。

「是你在你的玫瑰上花費了時間，才使你的玫瑰變得如此重要。」

「是我在我的玫瑰上花費了時間……」小王子重複著，以便能好好記住。

「人們早已忘了這個真相，」狐狸說，「但是，你不應該忘記。對於你馴服了的事物，你永遠有一份責任，你該對你的玫瑰負責……」

「我該對我的玫瑰負責……」小王子重複著，為的是好好記住。

二十二

「你好。」小王子說。

「你好。」鐵路扳道員[2]說。

「你在這裡做什麼？」小王子說。

「我把旅客分類，每組一千人，」鐵路扳道員說，「我調遣載運這些旅客的列車，有時候把火車發往右，有時候送往左。」

一列燈火通亮的特快車，像雷鳴一樣嘶吼，把扳道小屋震得不停顫動。

「他們很匆忙，」小王子說，「他們想尋找什麼呢？」

「火車司機自己也不知道咧，」扳道員說。

這時，第二列燈火明亮的特快車，從相反方向咆哮而過。

「他們已經又回來了嗎？」小王子問。

「這不是同一批人，」扳道員說，「這是列車對開。」

「他們不滿意他們原來所在的地方嗎？」

「人從來不會滿意他們原來所在的地方，」扳道員說。

第三列燈火通明的特快車又像雷鳴一樣隆隆作響地開過。

「他們是在追趕第一批旅客嗎？」小王子問。

「他們什麼也不追趕，」扳道員說，「他們在車廂裡頭睡覺，或者打哈欠。只有小孩會把鼻子緊貼在玻璃窗上。」

「只有孩子知道自己在尋找什麼，」小王子說，「他們花費時間在一個碎布洋娃娃身上，布娃娃變成了非常重要的東西，假如有人拿走他們的布娃娃，他們便會哭泣……」

「他們很幸運。」扳道員說。

2 鐵路扳道員的工作主要是依照指示，操作燈號標誌和控制火車軌道的轉換，使鐵路交通順暢安全。在鐵路電氣化以後，這項工作已經由自動機器代替執行。

二十三

「你好呀。」小王子說。

「你好。」商販說，他正在賣一種可以解渴的精製藥丸。每星期吞下一顆，就不會再覺得口渴。

「你為什麼賣這種藥丸？」小王子問。

「這個能節省很多時間，」商販說，「專家做過計算，每星期可以省下五十三分鐘。」

「這五十三分鐘，要拿來做什麼呢？」

「做任何你想做的事……」

「我呀，」小王子心裡想，「假如我有五十三分鐘可以用，我會慢慢地走向一座泉水……」

二十四

那是我的飛機在沙漠裡故障後的第八天，我聽完那個商販的故事時，也正好喝下了我儲備的最後一滴水：

「啊！」我對小王子說，「你的回憶很美好，可是，我還沒有修好我的飛機，我已經沒有水可喝了，我也一樣，假如我能慢慢地走向一座泉水，我也會很高興的！」

「我的狐狸朋友……」他對我說。

「我的小傢伙，這跟狐狸無關呀！」

「為什麼？」

「因為我們將會渴死……」

他不理解我的思路，他對我說：

「即使快要死了，有過一個朋友也是很好的，我就很高興有過一個狐狸朋友……」

「他衡量不出危險，」我心裡想，「他從來沒有飢餓過，也沒有口渴過，些許陽光對他就足夠了……」

可是，他看看我，回應了我心中的想法：

「我也很渴……我們來找一口井……」

我做了一個疲倦的手勢——在廣闊的大沙漠裡，漫無目的地找一口井，實在很荒唐，然而我們還是開始步行。

我們默默走了好幾個小時，黑夜降臨，星星開始發出光亮。由於口渴，我有點發燒，我看著這些星星，一切彷彿在夢中。小王子的話在我的腦海裡跳動著：

「所以，你也會口渴嗎？」我問他。

他沒有回答我的問題，只對我說：

「水對心也是有益的……」

我不懂他話裡的意思，可是我沒有出聲……我知道不應該問他。

他累了，他坐下來。我在他的身旁坐下，一陣沉默過後，他又說：

「星星真美，因為那兒有一朵人們看不見的花……」

我回答：「當然了。」我看著月光下沙漠的波形褶皺，沒有說話。

「沙漠也很美。」他又說道……

的確，我一向喜歡沙漠。坐在沙丘上，什麼也看不見，什麼也聽不見，然而有某種東西在靜靜地放射出光芒……

「使沙漠這般美麗的是，在沙漠的某個地方藏有一口井……」小王子說。

我很驚奇地發現自己突然了解這個沙漠裡的神祕光芒。當我還是小男孩的時候，我住在一棟古老的房子裡，傳說房子裡埋藏了一件寶物。當然了，從來沒有任何人有能力去發現它，或許甚至也沒有人尋找過。但是，這件寶物使整棟房子充滿著神奇的魔力。在我的房子中心深處藏著一個祕密……

「是的，」我對小王子說，「不論是房屋、星星或者沙漠，使他們美麗起來的東西是眼睛看不見的！」

「我很高興，」小王子說，「你的看法和我的狐狸一樣。」

因為小王子漸漸睡著了，於是我把他抱在懷裡，繼續上路。我心裡非常激動，就好像自己正抱著一個脆弱的寶物，我甚至覺得地球上再也沒有任何東西比這更脆弱的。我藉著月光，看著這蒼白的額頭、緊閉的雙眼，還有這一綹綹隨風顫動的髮絲，我心裡想著：「我所看到的不過是外表，最重要的東西是雙眼看不見的……」

看他微張的嘴唇正泛起淺淺的笑意，我心裡又想：「這個睡著了的小王子，讓我如此強烈感動的，是他對一朵花的忠誠，是一朵玫瑰的影像，有如一盞燈的火焰，即使當他睡覺的時候，仍在他身上閃耀著光輝……」而此刻，我感覺他還要更加脆弱，必須要好好保護這些燈焰——一陣風可能就會把他們吹熄了……

就這樣走著，我在破曉時分，發現了那口井。

二十五

「那些人，全都往特快火車裡擠，」小王子說，「但是他們卻不知道自己要尋找什麼。於是，他們忙東忙西，來回兜圈子……」

他接著又說：「這實在不必要……」

我們找到的這口井和撒哈拉的那些水井不同。撒哈拉的井只是在沙地裡簡單挖鑿的坑洞，這口井則像是村莊的水井。可是，那裡一個村子也沒有，我只覺得是在作夢。

「真奇怪，」我對小王子說，「所有用具都準備好了：轆轤、水桶和繩索……」

他笑了起來，他碰觸繩索，轉動轆轤，而轆轤就像很久沒有吹動的風向標一樣，唧嘎作響。

「你聽，」小王子說，「我們叫醒這口井了，他正在唱歌……」

我不想讓他費力：

「讓我來，」我對他說，「這對你來說太重了。」

我慢慢把水桶提到井口邊緣，把它穩穩地擺放在那裡。我的耳朵裡還充滿著轆轤的歌聲，在依然搖晃著的水波裡，我看見太陽在顫動。

「我好想喝這個水，」小王子說，「給我喝一點吧……」

我明白了他要尋找的是什麼！

我把水桶舉到他的唇邊，他閉著眼睛喝水，樣子就像過節一般適意愉快。這水是經過星空下的步行、轆轤的歌聲以及我臂膀的努力而來的。它像一件禮物一樣，對心靈有益。當我還小的時候，聖誕樹的燈光、午夜彌撒的音樂、溫柔的微笑，就是這些使得我收到的聖誕禮物閃耀著光輝。

「你這裡的人，在同一個花園裡種植五千朵玫瑰……」小王子說，「而他們在其中卻找不到自己想要的東西……」

「他們是找不到的。」我回答。

「然而，他們尋找的東西可能在一朵玫瑰中，或一點點水裡就會找到……」

小王子又補充說：

「可是，眼睛是看不見什麼的，應該要用心靈去尋找。」

我已經喝過水了，正暢快地呼吸著。黎明時分的沙漠呈現蜂蜜的顏色，我也因為這種蜂蜜一樣的色澤而感到幸福。為什麼我還會感到難過呢……

「你應該遵守諾言。」小王子又重新坐到我的身邊，輕輕對我說。

「什麼諾言？」

「你知道的……給我的綿羊的嘴套子……我該對我的那朵花負責！」

我從口袋裡拿出我的圖畫草稿，小王子瞧見了，笑著說：

「你的猴麵包樹有點像甘藍菜……」

「啊！」

我還為我畫的猴麵包樹感到驕傲呢！

「你畫的狐狸……牠的耳朵……有點像犄角……太長了！」

他又笑了。

「你實在不公正，小傢伙，我向來就只會畫看得見裡面和看不見裡面的大蟒蛇。」

「喔！這樣就可以了，」他說，「孩子認得出來的。」

我於是用鉛筆畫了一個嘴套子。我把畫遞給他的時候，感到一陣心痛：

「你有些計畫，是我不知道的……」

可是，他沒有回答我。他對我說：「你知道，我落在地球上……到明天就一周年了……」

接著，沉默了一會兒，他又說：「我就掉落在這附近……」

他臉紅了。

不知道為什麼，我再次感到一股莫名的悲傷。這時，我的腦中浮現一個問題：「這麼說來，八天前，我認識你的那個早上，你獨自一人，在距離人的居住地區千里之外的地方，這樣隨意閒逛，並不是偶然的！你當時正要回到你降落的地點去，是嗎？」

小王子的臉又紅了起來。他從來不回答問題，但是，當人臉紅的時候，意思就等於說「是的」，不是嗎？

「啊！」我對他說，「我怕你……」

但是他回答我：「你現在該工作了。你應該回到你的機器那兒去。我在這裡等你，你明天晚上再來……」

可是，我很擔心。我想起那隻狐狸。人若是被馴服了，就可能會哭泣……

二十六

井的旁邊有一段半傾塌的老舊石牆。第二天晚上，我工作回來的時候，我遠遠瞧見我的小王子垂著雙腿，坐在石牆高處。我聽見他在說話：

「你不記得了嗎？」他說，「不太像是在這裡！」

大概有另一個聲音在回答他，因為他反駁道：

「是！沒錯！正是今天，但地點不是這裡……」

我繼續朝石牆走去。我始終沒有看到任何人，也聽不到任何聲音。可是，小王子又回答道：

「……當然了，你會在沙地上看見我的腳印開始的地方，你只要在那裡等我就行了，今天夜裡我會在那裡……」

我距離石牆二十公尺，卻依舊什麼也沒看到。

在一陣沉默過後，小王子又說：

「你的毒液很強嗎？你確定不會讓我痛苦太久吧？」

我停住腳步，心裡很憂傷，但我仍然不明白是怎麼回事。

「現在，你走吧，」他說……「我要下來了！」

這時，我把視線放低，望向牆腳，我嚇得跳起來！就在那裡，一條黃色的蛇正朝著小王子豎起身子，那是一種在半分鐘內就可以讓你致命的黃色毒蛇。我一面翻找口袋掏手槍，一面跑過去。可是，才聽見我發出的聲響，那條黃蛇便像一股消逝的水柱似的，悄悄地沒入沙中，然後，不慌不忙地，帶著輕微的金屬般的聲音，在石塊間穿梭而去。

我到達牆邊時，恰好把我的小王子接在臂彎裡，他的臉色蒼白得像雪一樣。

「怎麼會有這種事！你現在竟然跟蛇說起話來！」

我解開了他一直圍著的金黃色圍巾，我濡濕他的太陽穴，讓他喝了點水。這時，我不敢再問他任何事。他嚴肅地看著我，雙臂摟著我的脖子，我感覺他的心像是被卡賓槍擊中、瀕臨死亡的鳥兒心臟一樣跳動著。他對我說：

「我很高興，你找到了你的機器缺少的東西，你不久就可以回家了……」

「你怎麼知道的？」

我正是來告訴他，在毫無希望的情況下，我居然成功完成了我的修理工作！

他沒有回答我的問題，卻接著說：

「我也一樣，今天，我也要回家了……」

然後，他惆悵地說：

「我回家比較遠……也困難多了……」

我清楚感覺到，有某種不尋常的事情在發生。我像抱一個小孩童一樣，將他緊緊抱在懷裡。然而，我卻感覺他正筆直地沉入一個深淵裡，我想拉住他，卻怎麼也拉不住……

他的眼神嚴肅，望向未知的遠方：

「我有你畫的綿羊，我有裝綿羊的木盒，我還有嘴套子……」

他憂愁地微微一笑。

我等了好久，才感覺他的身體逐漸暖和起來，我說：

「小傢伙，你在害怕……」

當然了，他方才就害怕了！但是，他輕輕地笑了笑：

「今天晚上，我會更害怕……」

再一次地，我產生一種事情無法挽回的感受，我覺得渾身一陣僵冷。我明白，我無法忍受今後再也聽不到他的笑聲，這個笑聲對我而言就像沙漠裡的甘泉。

「小傢伙，我還想聽你笑……」

但是他對我說道：

「到今天夜裡，就是一年了，我的星星正好位在我去年掉落地點的上方……」

「小傢伙，這個關於蛇、約定，和星星的故事，只是一場惡夢，對不對……」

可是，他並不回答我的問題，他對我說：

「重要的事，是看不見的……」

「當然……」

「這就像花一樣，如果你喜歡上一朵生長在某顆星星上的花，那麼，你夜裡望著天空時，就會感到甜美愉快。所有的星星都像在開花。」

「這也像水一樣，因為轆轤和繩子的緣故，你給我喝的水就有如音樂一般……你記得吧……它非常好喝。」

「當然……」

「夜裡，你看著星星，我住的那顆星星太小了，我無法向你指出它的位置。這樣更好。對你來說，我的星星將是這些星星的其中一顆。那麼，你會喜歡看所有的星星……它們都將是你的朋友，而且，我還要給你一件禮物……」

他又笑了。

「啊！小傢伙，小傢伙，我喜歡聽你的笑聲！」

「這正是我要給你的禮物……這就像水一樣……」

「你想說的是什麼？」

「在不同人眼中，星星是不一樣的。對於旅行的人來說，星星是嚮導；對其他人而言，星星只是一些小小的亮光；對另外一些是學者的人來說，星星是要研究的難題；對我認識的那位商人來說，星星是金錢。不過，所有的這些星星都是沉默的。而你，你的星星將是任何人都不曾有過的……」

「你想說什麼呢？」

「當你夜晚望著天空的時候，因為我住在其中一顆星星上，因為我在其中一顆星星上笑，所以，對你來說，就好像所有的星星都在笑。你的星星將是會笑的星星！」

他又笑了。

「當你不再難過以後（人總是會克服憂傷的），你會因為曾經認識了我而感到高興，你將永遠是我的朋友，你會想和我一起笑。有時你會打開窗戶，就這樣，只是為了高興……你的朋友會因為看見你望著天空發笑而相當驚訝。這時，你就會對他們說：『是呀！星星總是讓我笑！』他們會以為你瘋了，而這就是我對你的惡作劇……」

他又笑了起來。

「這就好像我給你的不是星星，而是一堆會笑的小鈴鐺……」

他又笑了，然後，他再次變得嚴肅，他說：

「今天夜裡……你知道……不要來。」

「我不會離開你的。」

「我會好像很痛苦的樣子……我看起來會有點像是死了，就是這麼回事。你別來看這些，沒有必要……」

「我不會離開你的。」

可是，他顯得擔憂。

「我這麼對你說……也是因為蛇的緣故，不能讓牠把你咬傷了……蛇是很壞的，牠們會為了好玩去咬人……」

「我不會離開你。」

但是，他似乎又因為某件事而感到放心：

「這倒是真的，他們咬第二口的時候，就沒有毒液了……」

這天晚上，我沒有看到他啟程，他不聲不響地走開了。當我終於趕上他時，他正堅定地快步走著，他只對我說：

「啊！你在這裡……」

他牽起我的手，但他還是憂慮：

「你不該這麼做，你會難過的。我看起來會像死了一樣，可是那並不是真的……」

我沒有說話。

「你了解的，太遙遠了，我不能帶著這個身軀走，太重了。」

我沒有說話。

「不過，這就像一件拋棄了的老舊殼子，老舊的空殼子沒有什麼好叫人悲傷的……」

我沒有說話。

他有點洩氣，但他還是努力振作：

「你知道，這會是很溫柔的。我也會看著星星，所有的星星都會是有生鏽轆轤的水井，所有的星星都會傾倒出水來給我喝……」

我沒有說話。

「這會多麼有趣啊！你將有五百萬個鈴鐺，而我將有五百萬座泉水……」

他沉默了，因為他在哭泣……

「就是那裡。讓我自己單獨走一步。」

他坐下來，因為他感到害怕。

他又說：

「你知道……我的花……我要對她負責！她是那麼脆弱！而且她又那麼天真，她只有四根微不足道的刺來面對外界，保護自己……」

我也坐下，因為我再也站不住了，他說：

「好……我說完了……」

他猶豫了一下，然後站起來，他跨出一步。而我，我無法動彈。

在他腳踝附近，有一道黃光閃過，他一動也不動地站了片刻，他沒有叫喊。像一棵樹一樣慢慢倒了下去。由於是沙地，所以連一點聲響也沒有。

二十七

當然，現在，已經過了六年了……我還從不曾講過這個故事。那些重新見到我的同伴們，都因為看見我還活著而相當高興。我心裡很悲傷，但是我對他們說：「這是疲倦的緣故……」

此時，我稍微脫離悲傷了，也就是說……還沒有完全平復。但是，我知道他已經回到他的星球上了，因為，那天黎明，我沒有再見到他的身軀。這並不是一個多麼重的身軀……而現在的夜裡，我喜歡傾聽星星，它們就好像五億個鈴鐺……

可是，這時出現一件料想不到的事。在我畫給小王子的嘴套子上，我忘了加上皮帶！他永遠也沒辦法把它繫在綿羊嘴上。我思忖著：「在他的星球上發生了什麼事呢？綿羊也許已經把花吃掉了……」

我有時想著：「絕對不可能的！小王子每天晚上都會把他的花罩在玻璃罩裡，而且也會好好看管他的綿羊……」這麼一想，我便覺得快樂。而所有的星星

都在輕輕地笑。

時而我又想：「人有時候總免不了疏忽，這就夠了！如果有天晚上他忘了玻璃罩，或者綿羊在夜裡悄悄地跑出來……」一想到這裡，鈴鐺就全都化成了淚珠！

這實在極為神祕。假如在某個我們不知道的地方，有一隻我們不認識的綿羊吃掉或沒有吃掉一株玫瑰，對於也喜歡小王子的你們，就像對於我一樣，整個宇宙就會是完全不同的……

你們看看天空，問一下你們自己：綿羊有沒有吃掉玫瑰呢？你們就會發現一切都變了……

任何一個大人永遠都不會了解這件事有多麼重要！

對我來說，這幅風景是世界上最美、也最令人憂傷的，它和前一頁上畫的是同一個風景，我又再把它畫了一次，好讓你們看清楚。就是這裡，小王子在世上出現，然後又消失了。

請你們仔細看看這幅風景，以便你們有一天到非洲沙漠旅行時，能夠確實認出它來。假如，你們有機會經過這裡，我懇求你們，不要走得太急，請在那顆星

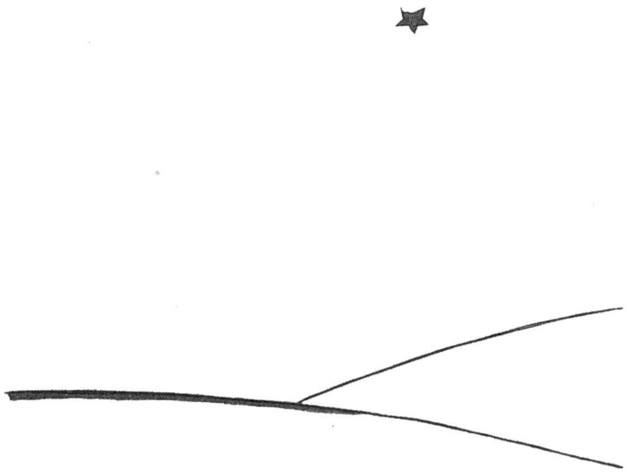

星的下方稍微等一等！如果這時候，有個小孩朝你走來，如果他笑，如果他有金黃色的頭髮，如果你提問題時，他不回答，你一定會猜出他是誰。那麼，請行行好！不要讓我這麼悲傷——快寫信告訴我，他回來了……

Vol de Nuit

夜間飛行

前言

安德烈・紀德[1]

對航空公司而言，工作在於和其他運輸方式之間的速度競爭。在這本書中，令人欽佩的領袖人物里維業正是這樣解釋的：「這對我們來說，是一個攸關生死的問題，因為我們在白天期間領先鐵路和輪船的優勢，都會在每個夜晚喪失掉。」夜間飛行服務，一開始遭到極力抨擊，之後被接受，經過幾次冒險的實驗後，已經成為實際可行的做法，但在這部小說出版之際，這項服務還是危險萬分的。各飛航路線上原本有著無形的危難，到處可能發生意外，現在又加上黑夜的神祕詭譎。儘管風險仍然巨大，我還是要趕緊說，這些風險將會一天比一天減少，因為每次新航行都給下一次的航行帶來更多的方便和保證。但是，就像對未知地域的探險一樣，在航空上也有著早期的英雄時代，《夜間飛行》為我們描述其中一位空中事業開拓者的悲劇經歷，自然具有一股史詩般的張力。

我喜愛聖修伯里的第一本書，但是更愛這一本。在《南方郵航》中，飛行員的回憶，記錄細膩、扣人心弦，交織著感情情節，拉近了我們和主角的距離。主角內心可以如此充滿柔情，啊！我們能感覺到他的人性和脆弱。《夜間飛行》的主角當然不是失去人性，而是上升至超越常人的道德境界。在這個激動人心的故事裡，特別令我欣喜的是它的高貴。我們對人的弱點、自暴自棄、心志墮落等方面認識甚多，今日的文學太擅長揭露這些了。但是，持續的意志得以讓人超越自我，這才是尤其需要有人向我們顯示的。

在我看來，比飛行員這個角色還要更令人驚訝的，是他的上司，里維業的角色。此人物本身並不行動，他指揮人行動，並將他的道德信念引入他的飛行員心中。要求他們發揮自己的極限，促使他們完成了不起的壯舉。他的決定毫無寬宥，不容許軟弱，再細微的差錯都會遭受懲處。他的嚴格乍看之下不近人情、過分冷峻。但這種嚴厲是針對工作的不完美，而非針對人本身，里維業想要鍛鍊的，是人。我們感覺作者透過這樣的描寫，表達對他的欽佩之情。我特別感謝作

1 安德烈・紀德（André Gide, 1869-1951）是法國作家，一九四七年諾貝爾文學獎得主。代表作有《背德者》（1902）、《窄門》（1909）等。

者，他闡明了一個具有矛盾性質的真相，在我看來，這個真相有著心理學的重大意義，那就是——人的幸福不在於自由，而在於承擔責任。這部小說的每個人物都熱情充沛，全心全意致力於他該做的事，致力於這件危險的任務，唯有完成它，才會找到幸福與安寧。大家可以清楚看到，里維業絕非冷漠、無動於衷（沒有什麼比他接見失蹤飛行員妻子的那段敘述更令人動容的），他下達命令時必須具備的勇氣，並不少於他的飛行員執行命令的勇氣。

「要讓人喜歡，只需向人表達同情就行了。我不會同情，或者，是我把同情隱藏起來。……有時，我也驚訝自己竟擁有這樣的能力。」還有：「愛那些受您指揮的人，但是不必讓他們知道。」

支配里維業的那份責任感也是如此：「隱約感覺到有一種比愛的責任更崇高的責任。」人本身並沒有自己的目的，卻是從屬於他的支配、因他而存在的一種難以言明的東西，而且為之犧牲奉獻。我喜歡在這兒讀到這份隱約的責任感，是它使普羅米修斯[2]自相矛盾地說：「我不愛人，我愛那折磨人的苦難。」這是所有英雄主義的泉源：「我們在付出行動時，始終覺得好像有某種東西，在價值上超越了人命……但那是什麼呢？」又說道：「也許有著其他某些需要拯救、而且更加持久的東西；也許里維業的工作正是要拯救人的這個部分吧？」我們毋需懷疑。

今日，化學家讓我們預感到未來戰爭的殘酷，在這種戰爭中，男子氣概恐怕毫無用處，因此，英雄主義的觀念也將逐漸遠離軍隊，處於這樣的時代中，我們難道不是在航空中看見最令人讚賞、最有效力的勇氣嗎？本來可能是魯莽的，在一個指揮和操控的服務中，便不再是魯莽了。飛行員不斷拿自己的生命冒險，這些人對於我們平常所以為的「勇氣」是有權報以輕笑的。聖修伯里會允許我引用一封他很久以前寫的信，時間追溯到他負責卡薩布蘭加——達喀爾航線，飛越茅利塔尼亞[3]的那個時期：

「我不知道什麼時候會回去，幾個月以來，我的工作何其多——尋找失蹤的伙伴、搶修降落在反抗區的飛機，以及幾趟送郵件到達喀爾的飛航任務。」

2 普羅米修斯（Prométhée）是古希臘神話的天神，和女神雅典娜共同創造了人類，他為拯救人間困境，竊取天上火種交給人類，卻因此受到宙斯殘忍的懲罰。

3 卡薩布蘭加（Casablanca）是摩洛哥最大的城市，位於非洲西北的大西洋岸。達喀爾（Dakar）是塞內加爾的首都，面臨大西洋，位於非洲大陸的最西端。茅利塔尼亞（Mauritanie）是西非的伊斯蘭教國家，濱臨大西洋，北邊與摩洛哥相連，南方與塞內加爾交界。

「我不久前剛完成一項小功績——與十一個摩爾人[4]和一名機械師度過兩天兩夜來拯救一架飛機。各種各樣的緊急警報不時響起，生平第一次，我聽到子彈在頭上飛嘯而過。我終於認識在這種處境中的自己，比摩爾人要鎮靜許多。但是我也明白了一件過去以來一直讓我很吃驚的事——為什麼柏拉圖（或是亞里斯多德？）把勇敢排在德行的末位。它並不是由一些高尚情感組成的，而是些許怒火、些許自負、很多固執，及一種庸俗的運動樂趣，尤其是體力的盡情發揮；然而體力和勇氣卻一點關係也沒有。雙臂交叉擺在襯衫敞開的胸前，暢快地呼吸，這倒算是愜意。但當這種情況發生在夜晚時，就會有種做了件大蠢事的感覺。今後，我再也不會讚賞一個只是勇敢的人了。」

坎東[5]的主張不總是獲得我的支持，但我還是可以拿他書上的一句格言，來做為上述引言的題銘：

「人們像隱藏愛意一樣，隱藏自己的英勇」；或者更好的是：「英勇的人隱瞞自己的行為，就像老實人隱瞞自己的施捨；他們掩飾作為，或者謙稱毫無此事。」

聖修伯里對於他敘述的所有事，都掌握得深入而徹底。他本人屢次面臨險境，親身的經歷賦予了他的書一種真實、不可模擬的況味。我們見過眾多戰爭或幻想冒險的小說，作者時而表現出靈活逼真的書寫才華，但是，真正的冒險家或戰士讀之，卻會不禁莞爾。這本小說，除了有我相當欣賞的文學價值之外，還具備文獻記錄的價值。這兩種特質出乎意料的結合，使《夜間飛行》成為一部有別於一般小說的重要作品。

安德烈・紀德

4 摩爾人（Maure）指生活在撒哈拉地區的阿拉伯人，也是茅利塔尼亞境內的主要居民。

5 坎東（René Quinton, 1866-1925）是法國生物學家、生理學家，也是航空界的開創先驅。

一

飛機下的丘陵，在金黃色的夕陽餘暉中，印著一道航跡陰影。平原變得一片光亮，光線久久不散——在這個國家裡，平原總是無止盡地反射著金光，正如入冬之後，平原上也總是泛著無盡的雪光。

飛行員法比恩正駕駛著郵政飛機，從美洲南端的巴塔哥尼亞[1]，飛往布宜諾斯艾利斯[2]。他看著這傍晚的寧靜，這些無聲無息的雲彩隱約勾勒出的淡淡紋路，它們與港灣的海水同樣都會顯現徵兆，他從中認出，夜晚即將來臨了。他正駛進一片遼闊而幸福的錨地。

他也可以認為自己像個牧羊人一樣，在這片寧靜中，緩慢步行。巴塔哥尼亞的牧羊人從容不迫地從一個羊群走到另一個羊群，他則從一個城市走到另一個城市，一座座小城正是他放牧的羊群。每隔兩小時，他會遇上幾個小城，它們有的來河邊喝水，有的在平原上吃草。

有時候，越過上百公里、比大海更荒無人跡的大草原以後，他會看見一個偏僻孤立的農莊，這莊園彷彿承載著人的生命，在波濤起伏般的草海裡，被捲向後方，這時，他便會擺動機翼，對這艘船致意。

「聖胡利安[3]已進入視線，十分鐘後降落。」

機組通訊員把消息傳送給航線上的各個指揮站。

從麥哲倫海峽[4]到布宜諾斯艾利斯，兩千五百公里的航程上，相似的中途站一個接著一個；但是，從這個中途站之後展開的，卻是黑夜的疆域，就如同在非洲，通過了最後一個順服於西方國家的小鎮，便進入神祕地帶。

機組通訊員遞給飛行員一張紙條：「航程上有多起暴風雨，我的耳機裡充滿放電聲，你會在聖胡利安過夜嗎？」

法比恩微微笑了笑，天空平靜得像一個玻璃魚缸，而且前面所有中途站的報告都指出：「晴空，無風。」

---

1 巴塔哥尼亞（Patagonie）指南美安地斯山脈以東、科羅拉多河以南的地區，位在阿根廷和智利境內。

2 布宜諾斯艾利斯（Buenos Aires）是阿根廷首都，也是該國最大的城市。

3 聖胡利安（San Julian）位於阿根廷南部。

4 麥哲倫海峽（détroit de Magellan）位於智利南端，是溝通大西洋和南太平洋的航運要道，因葡萄牙航海家麥哲倫於一五二〇年到此考察而得名。

他回答：「繼續航行。」

但是機組通訊員心想著，暴風雨早已在某處成形，就像蟲子藏在水果裡一樣；黑夜是美麗的，不過天氣將要變壞：他極不願意進入這隨時會腐敗的黑影。

在減速朝聖胡利安降落時，法比恩感到疲累。一切使人們生活甜美的物件——他們的房屋、他們的小咖啡館、他們散步的林木，正在飛機下方朝著他逐漸變大。他像一位征服者，在征戰勝利的夜晚，俯視帝國的大地，發現人們樸實的幸福。法比恩需要卸下工作裝備，感受自己身體的沉重和渾身的痠痛，苦難也是一種財富，他需要在這裡做個普通人，看看窗外從此不會變動的景色。他是可以接受住在這個極小的村子裡的，人在經過選擇以後，就會滿意並喜歡上他生活裡的偶然機遇。這些機遇會像愛一樣，把人侷限其中。法比恩真希望長久住在這裡，成為這個地方生生不息的一部分，因為，這些他生活了一個小時的小城鎮、這些他飛越過的，被古牆環繞的花園，對他來說，都彷彿在他身外永久長存著。

村子迎著飛機上的兩人而來，對他敞開胸懷。法比恩想起友誼，想起柔情的女孩，白色桌布的親切適意感，想起一切慢慢被人馴服，化作永恆的事物。村子已經落在與機翼齊平的位置，高牆再也保護不了村子裡關閉的花園，園中的祕密正在眼前展現。可是，法比恩著陸後，除了幾個在石塊間緩慢行動的人之外，並沒有看到什麼。這個村子屹然獨立，絲毫不動地守衛著它種種情感上的祕密，這個村子拒絕流露它的溫柔——想要獲得這份溫柔，就必須放棄飛行奔波。

十分鐘的中途停留過了，法比恩得再次出發。

他轉頭望向聖胡利安，它只是一團燈光了，然後是幾顆星星，接著成了一粒最後一次引誘著他，讓他不忍離去的塵土，然後就消散了。

「看不見儀表盤，我開燈。」

他撥動開關，可是在天空的一片藍光中，座艙的紅燈射出的光線，照在指針上變得很淡，無法讓指針顯出顏色。他把手指伸到一只燈泡前，手指上也幾乎沒有一點顏色。

「時間還太早。」

然而，黑夜正像一縷濃煙一樣往上升，早已填滿多處谷地，再也分辨不出山谷和平原。村莊已經紛紛點亮燈火，它們有如星座般彼此呼應著，而法比恩也用手指打開飛機位置指示燈，讓它一閃一閃地回應村莊。

大地布滿燈光的召喚，一棟棟房舍點燃自家燈火，那是迎著無邊黑夜的星星，正如同把燈塔轉向大海，凡是遮護著人類生命的地方都光亮閃爍。這次進入黑夜，就像船隻進入錨地，既緩慢又美麗，讓法比恩欣喜不已。

他把頭埋進座艙裡，指針的螢光正開始亮起。飛行員逐一檢查數據，感到滿意。他發現自己穩固地坐在天空中。他用手指輕輕觸摸鋼製的翼梁，感覺金屬裡流動著生命——金屬不是震動著，而是活著。五百馬力的發動機產生一股非常平順的電流，在機身裡流通，把冰冷的鋼鐵變成絲絨般的肉身。又一次，飛行員在飛行中感覺到的既不是暈眩，也不是陶醉，而是一個有生命的軀體的神祕工作。

現在，他為自己重新構築一片新天地，他撐開肘關節，向左右推擠，讓自己能舒適地安頓其中。

他輕敲配電板，觸動一個又一個開關，稍微挪了一下身體，把背脊靠好，尋找最佳的姿勢，以便好好體會五噸重的金屬被波動的夜空托著時產生的擺動。然後，他摸索著，將緊急求救燈推回原位，鬆開手，又重新抓住燈，確定它沒有滑動，才再次放開手去輕碰每一根操縱桿，務必要伸手就能握得到，並且使手指熟悉一個看不見的世界。等他的手指摸清各個方位了，才讓自己打開一盞燈，照亮座艙裡的精確儀器，他僅僅憑藉儀表盤，來監視自己像潛水一樣地進入黑夜。接著，因為沒有感覺任何物件在晃動、震動、抖動，陀螺儀、高度表和發動機的轉速也都維持穩定，他於是稍稍伸展肢體，將頸背靠在座椅的皮面上，開始飛行中的沉思，品味一種無法解釋的希望感。

現在，夜色深濃，他像一個守夜者，發現黑夜可以把人暴露出來——這些召喚，這些燈火，這憂慮擔心。這顆黑影中的普通星星，是一幢與世隔絕的房屋。一顆星星熄滅，是一幢把愛鎖住的房屋。

或者鎖住的是自己的煩惱。總之，這是一幢停止向外界發信號的房子。這些坐在燈前，把臂肘支在桌上的農人，不知道自己期望什麼，不知道在籠罩著他們的廣大黑夜裡，他們的慾望竟能傳得那麼遠。但是，法比恩發現了這一點，當他從千里外飛來，感覺深沉的湧浪把他那架會呼吸的飛機往上頂、往下盪的時候，當他穿越了十來場有如戰爭地帶的暴風雨，也經歷了數次暴風雨後的明月晴空的時候，當他懷著戰勝者的心情，飛臨一個接一個的燈火的時候，他發現了這一點。這些農人以為他們的燈只照亮眼前那張簡陋的桌子，怎知在距離他們八十公里的高空，有人已經為這燈火的召喚而感動，就彷彿他們是在荒島上，面對大海，絕望地搖晃著那盞燈火。

二

三架飛機就這樣分別從南方的巴塔哥尼亞、西方的智利、北方的巴拉圭飛往布宜諾斯艾利斯。在那兒，人們正等著機上的郵件，以便由另一架航班於近午夜時啟程將郵件轉載往歐洲。

三位飛行員，都落進茫茫黑夜裡，坐在像平底駁船一樣沉重的發動機罩後方，沉思著各自的飛行路徑，並即將從雷雨交加或者平靜清朗的天空，緩緩地朝廣闊的城市下降，有如奇異的農人從群山上走下來。

里維業是整個航線網的負責人，他正在布宜諾斯艾利斯的停機坪上來回踱步。他沉默不語，因為直到三架飛機到達之前，這一天總讓他擔憂不安。一分鐘又一分鐘，隨著交到他手裡的一封封電報，里維業意識到他正從命運那兒奪回某樣東西，他正逐漸削減未知的部分，把他的機組人員從大海一般的黑夜裡拉回岸邊。

一名工人走近里維業身旁，把無線電站收到的消息傳達給他：

「智利的班機通報看到布宜諾斯艾利斯的燈光了。」

「好。」

不久里維業就可以聽到這架飛機的聲音——黑夜已經送回一架，就如同潮漲潮落，無盡循環，無限神祕的大海，把在它的波濤間浮盪多時的寶藏送到沙灘上一般。再過一會兒，還會收到其他兩架的。

到那時，這一天就會結束。到那時，疲憊的班組會去睡覺，換上一批精神飽滿的組員。但是，里維業並不會休息——輪到飛往歐洲的航班讓他心神不安。事情將始終這樣重複下去，始終重複。這個老鬥士，第一次，對自己居然感到疲乏而大吃一驚。飛機抵達，絕不會是那種結束戰爭，開啟幸福和平紀元的勝利。對他而言，只是在成千個相似步伐之前，先成為事實的那一步。里維業覺得自己長久以來一直挺直手臂舉著非常沉重的擔子，一種既沒有休息也沒有希望的努力。「我老了……」假如他無法在行動中找到養分，那麼一定表示他正在逐漸衰老。他驚訝自己竟然思考起以前從不曾提出過的問題。然而，那團他一直迴避的溫柔，卻隨著憂鬱的耳語，重新向他襲來——那是一片潛藏在深處的海洋。「所以，這一切是如此迫近嗎？……」他發覺自己早已將那些使人們生活甜美的東西逐漸推往老年，推給「等將來有時間的時候」。彷彿人終有一天真的會有時間似的，彷彿人在生命的盡頭會得到這份想像中的幸福平靜。但是，和平是不存在的。勝利或許也是不存在的。郵政飛機是不會有最終的到達的。

里維業在勒魯面前停了下來，他是一個老工頭，也在此工作四十年了，工作耗盡他所有的力氣。當午夜或晚間將近十點，勒魯回到家裡，迎接他的不是另一個世界，不是一個避難所。里維業對這個人微笑，他正抬起凝滯的臉，指著一根泛藍的鋼軸說：「這東西旋得太緊，不過我已經取下來了。」里維業俯身查看鋼軸，他的心思又回到職業上。「必須告訴工坊，把這種機件調鬆一點。」他用手指觸摸機器卡咬過的痕跡，然後又打量勒魯。面對這張皺紋深刻的臉，一個奇怪的問題臨到他的嘴邊，他覺得有些好笑：

「勒魯，您這一生，談情說愛的經驗有過不少吧？」

「噢！愛情，您知道，處長先生……」

「您和我一樣，一直沒有時間。」

「的確沒有太多……」

里維業聽著對方說話的聲音，想知道這個回答是否帶有苦澀——它並不苦澀。這個人面對過往的生活，有著一種平靜的滿足，像細木工匠剛拋光一塊漂亮的木板：「好了，就這樣。」

「好了，」里維業心裡想著，「我的一生也就這樣了。」

他把那由於勞累而生出的悲傷想法，全部摒棄，朝飛機庫走去，因為智利的班機正傳來轟隆聲。

三

遠處這台發動機的聲音越來越厚實，響聲逐漸達到極限。燈全都點亮了。紅色的航標燈勾勒出機庫、天線塔、方形機坪的輪廓，一場歡慶正在悄悄準備中。

「它來了！」

飛機已經飛入導航燈光照射的範圍內。機身閃閃發亮，就像嶄新的一樣。但是，當飛機終於在機庫前停下來，機械師和工人匆忙卸下郵件時，飛行員貝勒罕卻在座艙裡一動也不動。

「怎麼了？您不下來，在等什麼呢？」

飛行員正專注在某件神祕的工作上，不屑回答，他極可能還在傾聽從自己身體裡流過的飛行聲。他慢慢地點點頭，傾身向前，不知操作些什麼。最後，他向主管和同事們轉過身來，表情嚴肅地打量他們，就像他看的是自己的資產。他似乎在清點他們的人數，測量他們的高度，掂算他們的重量，他想著，可真贏得他們了，他也贏得了這座充滿歡樂氣氛的機庫和這堅固的水泥建築，還有更遠處，這個城市以及城裡的繁華，女人和溫暖。他要把這些人，當作自己的臣民一樣，抓在他寬大的手掌中，他可以碰觸他們、聽他們說話、責罵他們幾句。他想到要先罵罵他們安穩地待在那兒，欣賞著月亮，絲毫不必為存活擔憂，不過，他終究語氣溫厚地說：

「……你們得請我喝一杯！」

他下了飛機。

他想談一談旅途上的經歷：

「要是你們知道哪！……」

他顯然覺得這麼說已經夠了，就走開去脫下皮衣。

當車子載著他，隨同神色陰鬱的督察員和不發一語的里維業開往布宜諾斯艾利斯的時候，他變得憂傷起來。能從險境中脫身，再次踏上地面，順道鏗鏘有力地罵個兩三聲，實在是非常好。多麼強烈的喜悅呀！但是，之後，回憶起當時的情況，卻有股莫名的疑慮。

在狂風中搏鬥，這個至少是真實存在、清楚直接的。但事物的面目，當事物自以為單獨無人窺視時所呈現的面目，則不是這樣的。他思索著：「這完全就像怒火被點燃了一樣，人們的臉色幾乎沒有變白，但是表情的變化卻那麼大！」

他努力回憶。

他心情平靜地飛越安地斯山脈。冬天的積雪以毫無紛擾的寧靜之姿，重壓在山脈上。冬天的雪在這片群山間早已一派祥和，正如同幾世紀的歲月在死寂的城堡裡，悠然流逝。在綿延二百公里積雪厚重的山脈上，沒有一個人，沒有一絲生命的氣息，沒有一點大自然施展力量的感受。有的只是飛機從六千公尺高度掠過的垂直山脊，直落山谷的堅硬地幔以及無以倫比的靜謐。

這是在圖蓬加托火山[5]的峰頂附近……

他想想，沒錯，就是在那裡，他親眼目睹了一場奇景。

最初他什麼也沒看見，只是感到不自在，就好像某個人自以為身旁無人，其實並非如此，而是有人在注視他。他覺得被一股憤怒包圍著，這感覺來得太晚，他也不明白怎麼回事。情況就是這樣。但這怒氣是從哪裡來的呢？

他憑什麼猜測怒氣是從石塊裡滲出來，從白雪裡滲出來的呢？因為似乎並沒有任何東西朝他而來，也沒有颳起任何陰沉的風暴。可是卻在原處，從原來世界所在地，生出了一個非常相似的世界。貝勒罕看著眼前的景象，不知為什麼，整個心緊緊揪在一起，這些無可指責的高峰，這些山脊，這些被雪覆蓋的山頂，顏色只是灰了一點，然而卻開始活了起來——像一個有生命的族群。

他並不需要戰鬥，卻還是牢牢握住操縱桿。某件他不明白的事正在醞釀中。他繃緊全身肌肉，宛如一隻即將躍起的野獸，可是，他所見的一切無不平靜。是的，平靜，卻隱藏著一股奇異的力量。

然後，所有的東西都銳利起來。這些山脊，這些山峰全變得尖銳——它們就像船的艄柱一般刺入嚴寒的強風中。接著，他感覺這些艄柱在他周圍旋轉漂移，那方式宛如調整好要迎向戰役的巨型船隻。接著，出現一陣混雜在空氣中的塵土，像一片薄紗，沿著積雪往上升，緩緩飄盪。這時，為了尋找撤退的出路，他轉過身，禁不住發抖了——整個安地斯山脈似乎在身後膨脹沸騰。

「我完蛋了。」

前方，一座山峰往外噴雪——那是雪的火山。接著，第二座山峰，稍微靠右，也相同。所有的山峰就這樣一個接一個燃燒起來，彷彿被某個看不見的跑者

5 圖蓬加托火山（Pic Tupungato）位於阿根廷和智利的交界，屬於安地斯山脈的一部分，海拔約六千六百公尺，是南美洲最高的山峰之一。

陸續點燃。正是這時候，隨著第一陣空氣渦流，山群在飛行員四周不住地振盪。

激烈的行動沒有留下多少痕跡，他的腦海裡，再也回憶不起那些曾經吹得他翻滾轉動的大渦流。他只記得自己在這片灰色的火焰裡拚命掙扎。

他想了想。

「颶風，算不上什麼，人還是會有辦法逃命。可是，在這之前！可是，遭遇到這種事！」

他以為認出千百面孔中的某一張臉，然而，他早已把它忘記了。

四

里維業看著貝勒罕。二十分鐘之後，這個人就要下車，帶著疲倦困頓的心情，走進人群，融入城市的生活裡。他或許會想：「我可累壞了……幹這行業真不容易！」他可能會對妻子坦白某些事情，比方說：「這裡，比起安地斯山脈上空舒服多了。」然而，人們那麼強烈珍惜的一切卻幾乎早已離他遠去──他剛剛就經歷過這樣的苦難。

不久前，他才在眼前這個世界的另一面，度過了幾個小時，他當時還不知道是否能再次親臨這個燈火輝煌的城市。甚至不知道他能否再體驗生而為人的所有小小的不完美，它們就像是孩提時即存在的煩人卻又親切的朋友。「不論在哪群人中，」里維業心裡想著，「總有些不引人注目，卻是出色信使的人。他們自己並不知道，除非……」里維業害怕某些仰慕者。他們不懂冒險的神聖性，他們的歡呼聲只會扭曲冒險的意義，把人貶低。但是，貝勒罕在這方面卻完整保持著他的偉大特質。這份特質在於他只是比任何人更了解在某個時日下隱約瞥見的世界的價值，也在於他能用不以為意的輕蔑態度，排拒一些庸俗的讚揚。因此，里維業祝賀他說：「您是怎麼成功的？」他喜歡這個人談論職業時的爽直無誇，提到自己的飛行，就像鐵匠提到他的鐵砧。

貝勒罕首先說明自己的退路被截斷了。他幾乎是在道歉：「所以，我沒有選擇的餘地。」然後，他什麼也看不到——大雪蒙蔽了他的視線。但是，強烈的氣流把他推到七千公尺的高空，救了他。「在飛越山脈的整個過程中，我大概都保持與山脊齊平的高度。」他也談到陀螺儀，說進氣口的位置必須要改變，雪把進氣口堵塞了：「您知道，那會結冰的。」後來，其他的氣流又把貝勒罕吹得像栽跟斗似地往下滾，接近三千公尺時，他不明白怎麼沒有撞上任何東西，原來他已經飛在平原上空。「我衝進晴空中，才突然發現的。」最後，他解釋說，在當下那一刻，他有種從洞穴裡出來的感覺。

「門多薩[6]也有風暴嗎？」

「沒有，我著陸的時候，天空晴朗，無風。不過，風暴緊緊跟在我後面。」

他做這些描述，是因為，他說，「這實在很奇特。」風暴的頂端逐漸消失在極高處，在雪片紛飛的雲層裡，可是風暴的底部卻像黑色的火山熔岩在平原上翻滾，城市一座接一座沒入風暴裡。「我從來沒有見過這種景象……」接著，某件回憶占據了他的思緒，他沉默不語。

里維業轉身面對督察員。

「這是太平洋颶風，他們太遲才通知我們了。再說，這些颶風從不曾超越安地斯山脈的範圍。」

他們沒辦法預料到這次會一路向東邊移過來。

督察員對此絲毫不懂，卻也表示同意。

督察員顯得猶豫，朝貝勒罕轉過身來，喉結動了動。但是他沒有說話。他思索一會兒，才直視正前方，恢復他憂鬱的尊嚴。

這憂鬱，就像一件行李一樣，讓他帶著四處遷移。他受里維業召喚，前一天才抵達阿根廷，來辦理一些雜務，他不知道如何擺放自己那雙大手，也無法從容展現督察員的尊嚴。他沒有權利對創意奇想和熱情活潑表達讚賞，由於職務的緣故，他只讚賞嚴守規章。他沒有權利和大伙喝一杯，與同事熟絡稱呼，放膽說俏

6 門多薩（Mendoza）位於阿根廷西部。

皮話，除非在幾近不可能的巧合下，他在同一個中途站，遇上另一位督察員。

「當評判人可真是嚴苛的工作，」他想。

老實說，他並不做評判，而是搖頭。他不理會一切，面對任何事，只是慢條斯理地搖搖頭。這樣做，讓卑劣黑心的人慌亂不安，機件設備反倒得以良好保養。喜歡他的人少之又少，因為督察員的職位不是為了享受眾人愛戴而設立的，而是為了舉發他人，撰寫缺失報告。里維業曾寫了這樣一段話：「請侯畢諾督察員向我們提供報告，而不是詩句。侯畢諾督察員將會藉由激發員工熱忱，來充分發揮他的才幹。」自此之後，他就不再提出有關新方法和技術解決方案的建議。從此以後，他就像每天吃飯一樣，習慣留意人為的疏失。嗜酒的機械師、老是徹夜不眠的機場主管、著陸彈跳的飛行員，他一樣也沒放過。

里維業談到他時說：「他並不是非常聰明，正因此才在工作推動上貢獻良多。」里維業訂立規章制度，對里維業而言，那是出於對人的了解，但是，對侯畢諾來說，就只存在對制度規定的了解。

「侯畢諾，凡是起飛延誤的，」里維業有一天對他說，「您都應該扣除他們的守時獎金。」

「遇上不可抗力也扣？甚至是大霧也扣嗎？」

「就算是大霧也扣。」

侯畢諾對於自己有一位性格如此剛毅，連做事不公正也不害怕的上司，感到某種驕傲。侯畢諾自身也從這樣不惜得罪他人的權力中得到一份威嚴。

「你們到了六點十五分才發出起飛的指令，」他之後依照這種模式，對幾位機場主管說，「我們無法支付你們獎金。」

「可是，侯畢諾先生，五點三十分的時候，我們還看不到十公尺遠呢！」

「這是制度規定。」

「可是，侯畢諾先生，我們沒辦法掃除大霧啊！」

侯畢諾擺出高深莫測的態度來保護自己。他屬於領導階層的一份子，在這些聽命行事的人之間，唯獨他懂得如何以懲處的方式來提升時程安排的效率。

「他沒有任何想法，」里維業談到他時說，「這就讓他免去錯誤的想法。」

假如一個飛行員損壞飛機，這個飛行員就領不到他的機械保養獎金。

「要是飛機在樹林上空故障了呢？」侯畢諾曾徵詢過。

「在樹林上空也一樣。」

侯畢諾就把這句話當作執行的依據。

「我很抱歉，」他後來神情亢奮地對飛行員們說，「我實在萬分抱歉，但是，故障應該要發生在別的地方。」

「可是，侯畢諾先生，這種事無法選擇啊！」

「這是制度規定。」

「制度規定，」里維業想著，「就像宗教儀式，看起來荒誕不經，卻能造就人的生活形貌。」里維業不在乎自己公正或不公正，這些詞對他甚至可能毫無意義。那些小城鎮裡小有資產的人，夜晚圍著他們的露天音樂台旋轉，里維業想：「對待他們公正或者不公正，並沒有意義——他們是不存在的。」對他而言，人是一塊尚未定形的原蠟，需要加以揉搓形塑，需要給予這團物質一個靈魂，為他創造意志。他並不想用嚴格的標準來奴役他們，而是想使他們超脫自身的侷限。他這樣處罰每一次的延誤，顯得有欠公允，可是他卻也因此向每個中途站傳遞起飛的意志；他創造這種意志。他不容許員工看到惡劣天氣，就如同可以獲得休息一樣歡喜，這使他們維持警戒，毫不鬆懈，甚至最不受重視的工人也在等待中暗暗感到羞恥。所以，人們利用陰霾中的每一次間隙行動：「北方有缺口，起飛吧！」多虧里維業，在一萬五千公里的航線上，大家對郵政航班的崇拜勝過一切。

里維業有時說：

「這些人是幸福的，因為他們愛自己的工作；他們愛自己的工作，因為我為人嚴苛，絕無寬宥。」

他或許讓人受苦，但也給予他們強烈的喜悅。「必須督促他們，」他心想，「讓他們過一種堅強有力的生活，這種生活招致苦難，也帶來歡樂。而唯有這樣才算得上生活。」

車子駛進城區，里維業讓司機送他到公司的辦公處。剩下侯畢諾單獨和貝勒罕在一起，他看看貝勒罕，半啟嘴唇想說話。

五

可是，侯畢諾今晚有些欲振乏力，他剛剛在面對獲勝歸來的貝勒罕時，才發現自己的生活是一片灰暗。他剛才尤其發現，他，侯畢諾，儘管擁有督察員的頭銜和權威，卻比不上這個極度疲勞，蜷縮在車內角落，閉著雙眼，兩手油膩汙黑的人。侯畢諾第一次對人產生欽佩感，他想把這種心情說出來。特別是，他想得到友誼。旅行的奔波和白天的挫折都讓他提不起精神來，他甚至覺得自己有點可笑。今天傍晚，他在查核汽油存量時，搞混了幾個計算，還是那位他想要挑毛病的員工一時不忍，幫他算妥當的。非但如此，他本來批評B6型抽油機的安裝，卻把它和B4型抽油機混淆了。那些不安好心的機械師竟任由他對「不可寬恕的無知」——他的無知，痛罵了二十分鐘。

他也害怕自己的旅館房間。從圖魯斯到布宜諾斯艾利斯，他在下班後都要一成不變地回到這種房間。他關在房裡，感覺心底積壓著沉重的祕密。他從手提箱裡拿出一令五百張的紙，慢慢地寫「報告」，隨意寫下幾行，接著又全部撕掉。他冀望從一場大危難裡把公司救出來。而公司並沒有遭遇任何危難。直到目前，他只救過一個生了鏽的螺旋槳轂。他當著機場主管的面，一臉陰鬱，用手指在生鏽處慢慢地來回觸摸，而這個主管卻回答：「請您去問前一站，這架飛機才剛到不久。」侯畢諾質疑自己所扮演的角色。

為了接近貝勒罕，他試探性地問道：

「您願意和我一起吃晚餐嗎？我想找人聊聊，我的職業有時候實在很嚴苛……」

他不想把身分一下子降得太快，就改口說：

「我的責任重大呀！」

侯畢諾的部屬不喜歡和他建立私生活上的交情，每個人都想著：「要是他還沒有找到半點報告的材料，他餓極了，就會把我吃掉的。」

但是，今晚，侯畢諾只想著自己的苦楚——他身上長著折磨人的討厭濕疹，那是他唯一真正的祕密，他希望能把它講出來，好博取別人的同情。既然無法從

7 圖魯斯（Toulouse）位於法國西南部，是歐洲航太產業中心。

傲氣中得到慰藉，就到謙卑裡去尋找了。另外，他在法國有一個情婦，他總在出勤歸來的夜晚，向她敘述自己的督察工作，一來能稍微炫耀，二來也能受到愛戀，可是，她恰巧對這種舉動很反感，他想要談談她。

「那麼，您和我一起吃晚餐嗎？」

貝勒罕一派溫厚地接受了邀約。

六

布宜諾斯艾利斯的辦公處裡，祕書們正在打瞌睡，這時候里維業進來了。他沒有脫下大衣，依然戴著帽子，始終像一個永遠奔波不定的旅人，也幾乎不會引人注意，那是因為他矮小的個頭，走動間不會牽動多少空氣，因為他灰色的頭髮和缺乏特色的穿著在任何環境中都不會顯得突兀。然而此時，卻有一股工作的熱忱在員工間激盪開來。祕書們投入工作，辦公室主任趕緊查閱最後幾份文件，打字機被敲打得嘀答作響。

接線員把幾個插頭插進電話交換機裡，並在一本厚厚的冊子上登錄電報。

里維業坐下來，讀文件。

看完有關智利災難的報導之後，他正在重讀一份平安飛行日的記事報告，這天裡，事事都進行得井然有序，班機飛越過的機場先後傳來電訊，簡明扼要地通報飛行順利。巴塔哥尼亞郵政航班也進展快速——它在時間上超前，因為風形成的大型氣流正由南朝北順向吹。

「請把氣象報告拿給我。」

每個機場都誇耀自己的所在地天氣晴朗，天空透明，微風穩定。金黃色的傍晚已經有如衣衫一般披在美洲大地上。里維業因為一切順暢如意而感到高興。現在，那架郵政飛機還在變化難料的黑夜某處奮鬥，不過卻有著絕佳的成功機會。

里維業推開記事本。

「可以了。」

他走出辦公室，望了各部門的人員一眼，這群守夜者，他們正看守著半個世界。

他在一扇打開的窗戶前停下腳步，他能理解什麼是黑夜了。它籠罩著布宜諾斯艾利斯，但是，也像教堂的中殿一樣，籠罩著美洲。他對這種宏偉的感覺並不驚訝——智利聖地牙哥的天空是異域的天空，但是，郵政班機一旦朝智利聖地牙哥飛去，整條航線的人們，從此端到彼端，就都生活在同一片深邃的蒼穹下。那一架郵政航班，此刻大家正從無線耳機裡監聽它的聲音，巴塔哥尼亞的漁民則看見飛機上的燈光閃閃發亮。對飛行中的飛機的擔憂不安壓迫在里維業的心頭，也隨著飛機發動機的轟隆聲，壓迫在各國的首都和省分上。

他在為這個無雲無霧的夜晚感到高興的同時，卻也回憶起那些天候失序、狂風暴雨的夜晚，飛機彷彿深陷雲層中，危險萬分，難以救援。大家從布宜諾斯艾利斯的無線通訊台，追隨著夾雜在風雨劈啪聲中班機的呻吟。原本黃金質地般的樂音正在這沉濁的嘈雜聲中逐漸隱沒。朝著黑夜的層層阻礙盲目直衝的飛機，所發出的憂鬱唱腔裡，有著怎樣的悲淒啊！

里維業想起守候班機的夜晚，督察員應該在辦公室。

「替我叫人把侯畢諾找來。」

侯畢諾正快要跟飛行員交上朋友了。他在旅館裡，當著飛行員的面打開行李箱，拿出一些小物品——幾件俗氣的襯衫，一套梳妝用品匣，還有一張纖瘦女子的照片，督察員隨即把照片釘在牆上；這些東西使督察員和其他人相差不多。他就這樣謙卑地向貝勒罕吐露自己的需求、愛情和遺憾。他把這些寶物排成可憐的一列，等於是在飛行員面前攤開自己的不幸。這是精神上的濕疹，他在展示禁錮自己的牢獄。

不過，侯畢諾就如同所有人一樣，存有一團小小的亮光。他從行李箱底部取出一個珍藏的小袋子，心中感到無比溫柔。他輕拍袋子許久，沒有說話。後來，他終於鬆開雙手，說：

「這是我從撒哈拉帶回來的……」

督察員因為自己敢於說出這樣的隱私，而不禁臉紅。這些漆黑的小石頭開啟一道通往神祕世界的門，讓他從挫折、夫妻關係的不順遂，以及生活的陰暗真相裡跳脫出來，得到安慰。

他的臉更紅了：

「在巴西也能找到這樣的石頭……」

這是一個對亞特蘭提斯[8]感興趣的督察員，貝勒罕拍拍他的肩膀。

貝勒罕也不好意思地問道：

「您喜歡地質學嗎？」

「那是我的嗜好。」

生活裡，唯獨石頭對他有過柔情。

當公司來電找人時，侯畢諾哀傷起來，但很快又變得莊重威嚴。

「我必須離開您了，里維業先生有幾件重要的決定要找我討論。」

侯畢諾走進辦公室時，里維業已經把他忘了。他正站在一張牆面圖前沉思，地圖上用紅色標示出公司的航線網，察員在一旁等待上司的命令。經過了漫長的數分鐘之後，里維業才頭也不回地問他：

「侯畢諾，您覺得這張圖怎麼樣？」

他有時在沉思之後，就會提一些讓人摸不著頭緒的問題。

「這張圖，處長先生……」

老實說，督察員對這張地圖沒有任何想法，不過，他還是表情嚴肅地盯著地圖看，並且把歐洲和美洲大致審視過一遍。里維業並沒有告訴侯畢諾他心中的看法，而是繼續自己的默想：「這片航線網看起來很美卻也充滿凶險，從我們身邊奪走了許多人，許多年輕的生命。它鋪展在此，根基牢固，不容變更，但是它帶來的問題又何其多啊！」不過，對里維業來說，目的仍是高於一切。

侯畢諾站在他身旁，始終注視著面前的這張地圖，慢慢地挺直身子。他不冀望從里維業那裡得到任何憐憫。

8 亞特蘭提斯（Atlantide）傳說是古希臘時期，位於大西洋中央的神祕大島，擁有高度文明，後來遭到天災地震，一夕之間沉沒海底。幾世紀以來，亞特蘭提斯存在之謎一直引起考古學者的興趣，它也是許多科幻文學創作的主題。

他曾經試過一次，向他坦承自己的生活被可笑的隱疾給糟蹋了。里維業則用一句俏皮話回答他：「假如這事兒讓你睡不著覺，它可也使你身心活躍起來。」

這倒並非全是玩笑話。里維業常說：「如果失眠使音樂家創造出美麗的作品，那麼這就是美麗的失眠。」有一天，他指著勒魯說：「您瞧，這多麼美呀，這付讓愛情不敢靠近的醜陋模樣……」勒魯所擁有的一切優秀特質，或許都要歸功於他長得難看沒人愛，使得他的生活只有工作，別無他物。

「您和貝勒罕交情很好嗎？」

「呃！……」

「我不是在責備您。」

里維業轉過身來，手拉著侯畢諾，低頭，小步慢走。他的唇邊浮現一抹憂傷的微笑，侯畢諾不了解其中的含意。

「只不過……只不過您是上司。」

「是的，」侯畢諾說。

里維業想到每個夜晚，在空中的飛航行動都如同一場高潮起伏的戲劇，意志稍有一次　讓，就會導致失敗，從現在到天亮可能還必須苦鬥一番。

「您應該謹守您的角色。」

里維業謹慎斟酌字句：

「您也許明天晚上就得指揮這個飛行員冒險飛行，而他必須要服從。」

「是的……」

「這些人比您更有價值，這些人的生命幾乎就由您來支配……」

他顯得猶豫。

「這個，是很重大的事。」

里維業始終小步慢走，停了幾秒鐘沒說話。

「假使他們是出於友誼而服從您，您是在欺騙他們，您本人沒有權利要求他人做任何的犧牲。」

「沒有……當然沒有。」

「還有，假使他們以為您的友誼可以使他們免掉某些苦差事，您也是在欺騙他們，因為仍必須服從。您請那兒坐。」

里維業用手輕輕把侯畢諾推向他的辦公室。

「我要把您安置到您自己的位子上，侯畢諾。如果您累了，不是由這些人來攙扶您。您是上司，您的軟弱會讓人看笑話。請您提筆寫。」

「我……」

「請您寫：『督察員侯畢諾因為某種理由，給飛行員貝勒罕某種處分……』您可以隨便找個理由。」

「處長先生！」

「請您就當作明白我的意思那樣來做，侯畢諾。愛那些受您指揮的人，但是不必讓他們知道。」

侯畢諾又再度熱忱十足地要求工人擦拭螺旋槳轂。

緊急備用機坪藉由無線電告知：「看見飛機，飛機發信號：轉速下降，即將著陸。」

這無疑又要耽誤半小時。當特快列車停在軌道上，時間一分分過去，卻不再越過一段段平原，人們心裡有些惱怒，里維業感受到的就是這種心情。掛鐘的大指針現在正描畫著一段死寂的空間——在這個圓規的開度裡，原本可以容納多少事件。里維業走出辦公室，排遣等待的焦慮感，在他眼裡，黑夜空蕩得像一座沒有演員的劇場。「這樣一個夜晚是要浪費了！」他帶著幾分恨意，透過窗戶，望著這片繁星點點的朗闊夜空，這神聖的航標燈，這個月亮，它們都像是這樣一個夜晚裡被白白揮霍了的黃金。

但是，飛機一離開地面，這個夜晚對里維業來說，仍舊美麗動人。眼前這片黑夜的腹內懷有生命，里維業對這件事很是關心：

「你們遇上什麼天氣？」他讓人詢問機上組員。

十秒鐘過後：「非常晴朗。」

接著傳來幾個飛越過的城市名字，對里維業而言，這些都是這場奮戰中敗落的城邦。

七

巴塔哥尼亞郵政航班上的通訊員，在一小時之後，感覺像是有個肩膀將他輕輕地抬起。他環顧四周，只見濃厚的雲層遮去了星光。他俯身望向地面，尋找村落的燈光，這些燈光就有如藏在草中的螢火蟲發出的亮光，但是在這片漆黑的草叢裡，一點閃亮的東西也沒有。

他心頭怏怏不快，隱約預感到將有一個難熬的夜晚——前進、後退，交出已占領的土地。他不理解駕駛的飛行策略；他覺得再飛遠一點，他們就會有如撞上一堵牆一樣，栽進濃濃的黑夜裡。

現在，他瞥見正前方貼近地平面處，有一道若有似無的細微閃光，像鍛鐵爐的火光。通訊員碰觸了一下法比恩的肩膀，可是對方沒有動。

遠方暴風雨的前頭渦流正在襲擊飛機。金屬機身被慢慢往上舉，即使通訊員的身體都能感覺它的重量，然後機身又彷彿消失，融化了一般。有好幾秒鐘，通訊員竟是獨自漂浮在黑夜裡，他於是雙手緊緊抓扣鋼翼梁。

眼前的世界他什麼也看不到，除了座艙裡的紅色燈泡，他一陣戰慄，感到自己跌入黑夜的中心，毫無救援，唯有一盞小小的礦工燈守護他。他不敢打擾飛行員，問他的下一步怎麼決定，只能手抓鋼翼梁，傾身向前，注視著飛行員黯淡的頸背。

從微弱的光線中，只見冒出一顆頭和動也不動的肩膀，這個身體只成了一團陰影，稍微靠向左邊，正對著暴風雨的臉孔，顯然被一道道閃電光芒掠過。但是，通訊員看不到這張臉上的任何表情。迎戰風暴時，不時顯露在臉部的種種情緒——那緊抿的雙唇，那股意志，那怒火，那張蒼白的臉和機艙外一陣陣短促閃逝的電光之間，往來交流的一切本質訊息，對通訊員而言，也都是難以識透的。

然而，他可以猜測到聚積在這個渾然不動的身影裡的力量，而他愛這股力量。這力量很可能正把他帶往暴風雨，卻也庇護著他。這雙牢牢握住操縱桿的手，或許早已壓迫著風暴，就像按壓在一頭野獸的頸背上。但是，充滿力量的肩膀依舊動也不動，令人感覺到其中潛藏的深厚威力。

通訊員心想，負責任的終歸是飛行員。此刻，他坐在後座朝大火奔馳而去，細細玩味著在他前面這黝暗的身影所表現的物質感與存在的力度，以及它顯露出的堅韌不拔。

左側，又亮起一陣火光，微弱得像一座閃光燈塔。

通訊員做出動作，想碰法比恩的肩膀告訴他，但是，他看見飛行員緩緩旋轉頭，臉朝向這新的風暴敵人，望了幾秒鐘，之後，又慢慢恢復原先的姿勢。那肩膀依舊渾然不動，那頸背靠在皮椅背上。

八

里維業走出辦公處，他想稍微走走，排遣一下再次襲來的煩悶感。他是一個只為行動，而且只為戲劇性行動而活的人，卻奇怪地感覺戲劇在轉移位置，變成個人的戲。他想到那些圍繞在音樂台四周的小城裡的小資產家，他們的生活表面上平靜無事，但有時卻也充滿著各式沉重的戲劇——疾病、愛情、喪葬死亡，他想到，或許……他自身遭遇的痛苦也正教他領悟了許多事：「這倒是開啟了某些窗戶，」他想著。

晚間快十一點的時候，他覺得舒暢多了，便往辦公處的方向走去。電影院門口聚集著人群，他用肩膀從群眾間岔開空隙慢慢前進。他抬頭望向夜空，星星在狹窄的街道上空閃爍著，明亮耀眼的廣告燈讓星光變得模糊難辨。他心想：「今天晚上，我有兩架郵政飛機在飛行，我得負責一整個天空。這顆星星在人群中找尋我，並且找到我，它是一種徵象，所以我才會感到有些與眾不同，有些孤獨。」

他想起了一段樂句，是昨天他和朋友們一起聽的奏鳴曲裡的幾串音符。朋友們當時聽不懂：「這種藝術讓我們覺得無聊，您一定也覺得無聊，只是您不承認。」

「或許吧……」他回答。

他當時就像今天晚上一樣感到孤獨，但是很快就發現這種孤獨的豐富意涵。這首樂曲裡的訊息展露在他的腦海中，在平庸人之間，只向他溫柔傾訴一樁祕密。星星的徵象也是如此。它越過那麼多的肩膀，用著唯有他才聽得懂的語言對他說話。

人行道上，有人推擠他，他又想：「我不會生氣的，我就像有個生病小孩的父親，在人群中小步前行，內心裡惦記著自己那個悄然無聲的家。」

他抬頭看人群，試著要從他們當中辨識出那些心懷創意或情愛，步伐細碎的漫遊者，他想起燈塔看守人離群索居的孤獨。

辦公處的安靜讓他心喜。他慢慢走過一間又一間的辦公室，只有他的腳步發出聲響，打字機在罩布下沉睡。排列整齊的卷宗鎖在大櫃子裡。十年的經驗和工作。他想到這是在參觀銀行的地窖，那兒向來存放著沉甸甸的財富。他想著辦公室的每一本簿冊裡累積的東西比黃金還貴重——那是一股活生生的力量，一股活生生，但是睡著了的力量，就像放置在銀行裡的黃金。

在某處，他將會遇見單獨守夜的祕書。有一個人在某個地方工作，使生命得以持續，使意志得以，像這樣，從一個中途站延續到另一個中途站，使得圖魯斯到布宜諾斯艾利斯的這條長鏈不至於中斷。

「這個人不知道自己的偉大。」

郵政班機在某處奮鬥。夜間飛行好比生病，必須有人在夜裡看護著。必須幫助這些人，他們用雙手和膝蓋，胸膛貼著胸膛，迎戰黑暗；他們再也無法辨認出事物，再也無法辨認出任何事物，除了那些流動不定，看不見的東西，而他們必須借助盲目雙臂的力量，從中逃脫，就像從大海裡游出來。有時聽到的話是何等的駭人：「就是自己的手，也要開燈了才看得見……」攝影師的暗室裡，只有皮膚如天鵝絨般柔細的雙手顯露在紅色燈光下。那是世界上僅留下的，必須拯救的一切。

里維業推開營運辦公室的門。裡頭只有一盞燈亮著，在角落闢出一片光明的平台。只有一台打字機還發出清脆的敲擊聲，沒有驅除寂靜，反而是賦予它一層意義。電話鈴聲時而震顫作響，這時值班的祕書起身，朝這反覆、執拗、淒切的呼喚聲走去。祕書拿起話筒，在幽暗的角落裡輕聲對答，無形的焦慮就平息了。接著，祕書神態沉著地回到辦公桌前，孤獨和困倦使他表情呆滯，內心的祕密也讓人無法捉摸。有兩架郵政班機正在飛行，一通來自他處黑夜的召喚，會帶來什麼樣的威脅呢？里維業想到那些在夜燈下讓飛行員家屬讀了傷心的電報，他想到那在幾乎無止盡的幾秒鐘之間，讓父親的神情變得奧祕難解的災難。聲波最初是無力的，它是那麼平靜，距離發出呼喊的地點是那麼遠。而每一次，他都在這諱莫如深的鈴聲裡聽見自己微弱的回音。每一次，值班祕書因為孤獨而行動緩慢，彷彿游入深水中的泳者，而當祕書有如浮上水面的潛水員一般，從暗影處走回燈光裡時，他的動作，在里維業看來，總是飽含著祕密。

「別忙，我去接。」

里維業拿起話筒，接收世間的嘈雜嗡嗡聲。

「我是里維業。」

一陣低弱的雜音，接著是一個人聲：

「我為您轉接無線電站。」

有一陣雜音，是插頭插入電話交換機的聲音，然後是另一個人聲：

「這裡是無線電站，向您傳達幾封電報內容。」

里維業做紀錄，並且點點頭：

「好……好……」

沒有什麼重大事件，一些部門的例行電訊。里約熱內盧[9]探聽情報，蒙特維多[10]談天氣，門多薩談器材。這都是家族裡熟悉的聲音。

「郵政班機情況如何？」

「有暴風雨，聽不到飛機的聲音。」

「好。」

里維業想，這裡的夜晚清澄，星星閃亮，但是無線電報務員卻發現黑夜裡遠方暴風雨的氣息。

「待會兒再聯繫。」

里維業站起身，祕書走過來：

9 里約熱內盧（Rio de Janeiro）位於巴西東南部，是巴西的第二大城，也是2016年夏季奧運的主辦地。

10 蒙特維多（Montevideo）位於南大西洋岸，是烏拉圭（Uruguay）首都及最大的海港。

「先生，有幾份備忘文件，請您簽名……」

「好……」

里維業對這個人懷有誠摯的友情，他也承擔著黑夜的重負。「一位戰友，」里維業心裡想著，「他大概永遠不會知道今晚的守夜是如何將我們團結在一起。」

九

里維業雙手拿著一疊文件，走回自己的個人辦公室，他感到身體右側一陣劇烈的疼痛，幾星期以來，這疼痛一直折磨著他。

「不行了……」

他在牆上靠了一秒鐘：「這實在莫名其妙。」

然後，他走到椅子前，坐了下來。

他又一次覺得自己像一頭四肢被綑綁的老獅子，不禁感到非常悲傷。

「這麼多的工作，到頭來竟導致這樣的結果！我五十歲，五十年了，我充實自己的生活，培養自身的才能，我奮鬥，改變了一些事件的進程，而現在，卻讓這個占據我，在我的體內壯大，變得比世界還重要……這真是莫名其妙。」

他等了等，擦去一些汗水，待疼痛緩解了，便開始工作。

他慢慢地查閱知會的文件。

「我們在布宜諾斯艾利斯拆卸301型發動機時，觀察到……將給予該事項負責人嚴厲懲處。」他簽字。

「弗洛里亞諾波利斯"的中途站沒有遵守指示……」

他簽字。

「為了維護團隊紀律，我們將轉調機場主任理查，該名主管……」

他簽字。

接著，身體側邊的疼痛變麻木了，卻還是存在的，而且就像給生命帶來新涵義一樣令人陌生，強迫他想到自己，他幾乎為此覺得酸楚。

「我究竟是公正，還是不公正呢？我不知道。我如果祭出懲處，故障的次數就會減少。該負責任的，不是人，而是一股隱晦的力量；假如不觸動每一個人，就無法觸動這股力量。假如我凡事非常講求公正，那麼每一次的夜間飛行都將是一次製造死亡的機會。」

如此艱辛地開闢出這條路，讓他感到某種倦意。他想，憐憫是樁好事。他始終翻閱著文件，心思沉浸在真實與想像之間。

「……至於侯布雷，從今天起，他就不再是公司的員工了。」

他回想起這位老先生和晚間的對話：

「殺一儆百，能怎麼辦，這是給大家一次儆戒。」

「可是先生……可是先生……就一次，唯獨這一次，請您考慮！我在這裡工作了一輩子！」

「必須給大家一次儆戒。」

「可是先生！……您瞧，先生！」

這時，他拿出這個老舊的皮夾和這張舊報紙，上面有年輕的侯布雷站在飛機旁的照片。

里維業看著那雙年老的手在這天真的榮譽照上顫抖。

「這是一九一〇年拍的。先生……阿根廷的第一架飛機是我在這裡裝配的！從一九一〇年就開始航空工作……先生，這一做就是二十年了！您怎麼能說……還有那些年輕人，先生，他們會在廠房裡如何取笑我啊！……噢！他們會大大嘲笑我一番的！」

「這個與我無關。」

11 弗洛里亞諾波利斯（Florianopolis）位於巴西南部大西洋沿岸。

「還有我的孩子，先生，我有孩子呀！」

「我對您說過，我會給您安排一個普通工的位子。」

「我的面子，先生，我的面子掛不住啊！哦，先生，二十年的航空工作經驗，一個像我這樣的老工人……」

「就當普通工。」

「我不接受。先生，我拒絕接受！」

那雙年老的手止不住地顫抖，里維業移開視線，不去看這美麗、厚實、布滿皺紋的皮膚。

「普通工。」

「不，先生，不……我還要告訴您……」

「您可以離開了。」

里維業心想：「我這樣粗暴辭退的不是他，而是過失，這個過失也許不是他能負責的，卻是經由他發生的。」

「事情因為有人指揮，」里維業想著，「才順從人意，人才能進行創造。而人是可憐的東西，其自身也需要被創造。當差錯經由他們發生時，就該把這些人排除。」

「我還要告訴您……」這個可憐的老人，他還想說什麼呀！說我們剝奪他長年來的樂趣？說他喜歡工具敲在飛機鋼鐵機身上的聲音，說我們讓他的生活失去滿滿的詩意，然後……說他需要生活？

「我很疲倦，」里維業想著。他的體溫在上升，那是一股溫柔的熱度。他輕拍文件紙，心想：「我一直相當喜歡這個老伙伴的臉……」里維業又看到這雙手，他想著這雙手準備合攏時的輕微動作。只需說：「行了，行了，您留下來，」就夠了。里維業想像喜悅有如溪水一般流淌到這雙年邁的手裡。不是這張臉，而是經由這雙蒼老的工人之手表達出的喜悅，在他看來，這是世界上最美的東西。「我要撕掉這份文件嗎？」他想像老人晚上回到家，面對家人時，那外表謙虛，實則驕傲的神態：

「怎麼樣，他們把你留下嗎？」

「一定會！還用問！阿根廷的第一架飛機可是我裝配的呀！」

而年輕人不會再看他笑話，這位資深的前輩挽回了聲譽……

「我這就撕掉？」

電話鈴聲響，里維業拿起話筒接聽。

過了很長一會兒，接著是，風與空間給人聲帶來的回響和深邃感。終於有人說話：

「這裡是機場，您是哪位？」

「里維業。」

「處長先生，650航班正在跑道上。」

「好。」

「一切都準備就緒，但是在最後時刻我們不得不重新整修線路，有幾個接頭出了問題。」

「好，線路是誰裝配的？」

「我們一定會查核。您如果同意的話，我們將會進行懲處。機上的飛航燈故障，後果會很嚴重！」

「當然。」

里維業想著：「不管哪裡出錯，遇到時，若不清除它，燈光就會發生故障。而當差錯無意間顯露出那些被它利用了的人，你卻還放過差錯，這就是犯罪。侯布雷必須離開。」

祕書什麼也沒看見，一直在打字。

「這是？」

「半個月的會計報表。」

「為什麼還沒準備好？」

「我……」

「我們以後再說。」

「這實在奇怪，事故怎麼就占了上風，像一股巨大的隱晦力量暴露出來，同樣這種力量可以掀翻一座座原始森林，可以在浩大工程的四周擴增，強力出擊，向外到處蔓延。」里維業想到那些被小小藤蔓爬滿，因而倒塌的聖殿。

「一項浩大的工程……」

為了使自己安心，他還想：「我愛所有這些人，但我要戰鬥的不是他們，而是那些經由他們而發生的……」

他的心急速跳動著，讓他很不舒服。

「我不知道自己所做的對不對。我不知道人生、公正和傷痛的確切價值，我也無法確切知道一個人的歡樂值多少，也不知道一直顫抖的手有多少價值，也不知道憐憫和溫情……」

他陷入沉思：

「生活處處充斥矛盾，我們只能在生活中盡己所能來應付……可是，得去延續，得去創造，用自己終將腐朽的身軀去換取……」

里維業思索了一下，然後按鈴。

「打電話給歐洲郵政班機的飛行員，請他出發前來見我。」

他想著：

「不能讓這個航班徒然折返。我若是不鼓舞我的部屬，使這群人振作，黑夜將會一直令他們不安。」

十

飛行員的妻子被電話鈴聲吵醒，看一眼他的丈夫，心裡想：

「讓他再多睡一會兒。」

她欣賞著這線條滑順的赤裸胸膛，她聯想到一艘美麗的輪船。

他正像船停泊在港口裡一樣，在這張平靜的床上歇息。為了不驚擾他的睡眠，她用手指抹去這條皺褶，這團被褥上的陰影，這片波浪般的起伏，她撫平這張床，彷彿女神伸出手指就讓大海風平浪靜。

她起身，打開窗戶，感受風迎面吹來。這個房間俯臨著布宜諾斯艾利斯。隔壁的房子裡，有人在跳舞，一段段音樂旋律隨風飄散，這是娛樂和休憩的時刻。這座城市把人們緊緊圈在它的十萬座碉堡內，一切寧靜而安全。可是，這個女子卻覺得似乎有人就要呼喊：「拿起武器來！」而只有一個人挺身而起，那是她的丈夫。他還在休息，但是，他的歇息是預備軍投入戰鬥前的可怕歇息。這個沉睡中的城市無力保護他——當這位年輕的神，從光線映照下的塵土間凌空躍起時，城市的燈光對他而言將顯得一片空幻。她注視著這對結實的臂膀，它們在一小時之後，將承擔歐洲航班的命運，負責類似一個城市的命運那般重大的事，她的心不禁慌了起來。在幾百萬人中，唯獨他一人準備去接受這個奇特的犧牲，她感到悲傷。她的溫情留不住他，她料理他的衣食，照顧他並且撫愛他，這一切不是為了她自己，卻是為了這個即將把他帶走的夜晚，為了那些她無從知曉的奮鬥、焦慮和勝利。這雙柔軟的手只是被馴服罷了，它們真正的工作是難以理解的。她熟悉這個男人的微笑，他情人般的體貼，但並不熟悉暴風雨中他那些神聖的怒火。她用溫柔的羈絆套住他——音樂、愛情、花朵，可是，每回出發時刻，這些羈絆就斷落，而他並沒有為此顯得難過。

他睜開眼睛。

「幾點了？」

「半夜十二點。」

「天氣怎麼樣？」

「我不知道……」

他起床，一面伸懶腰，一面慢慢走向窗戶。

「我不會太冷的，風向如何？」

「你要我怎麼知道……」

他傾身向前：

「南風，太好了。到巴西以前，至少風向不會改變。」

他發現月亮出現了，覺得自己很幸運。接著，他低頭俯瞰城市。

他不認為城市溫柔、明亮、暖熱。他已經看到這城市的燈光像空幻的沙塵一般流逝。

「你在想什麼？」

他在想阿雷格里港[12]那邊可能有霧。

「我有對策，我知道從哪裡繞過去。」

他始終彎著身子，深深地吸氣，彷彿赤裸著就要往海裡跳。

「你一點也不難過……要去幾天呢？」

八天，十天，他不知道。難過，不，為什麼要難過？那一片片原野、一座座

12 阿雷格里港（Porto Allègre）是巴西西南部的大城。

城市，那重重疊疊的山脈……他覺得自己是帶著自由自在的心情出發去征服它們的。他還想著，不出一個小時，他將占領布宜諾斯艾利斯，接著又拋下它離去。

他微笑：

「這個城市……它很快就要離我遠遠的。夜間起飛是件美好的事，手拉節氣門的控制桿，臉朝向南方，十秒鐘以後，就把風景翻轉過來，臉朝北。這城市看起來不過像一片海底。」

她想到他為了征服而必須拋離的一切。

「你不愛你的家嗎？」

「我愛我的家……」

但是，他的妻子知道他已經在路途中，這寬闊的肩膀早已頂著天空。

她手指天空讓他看。

「你遇上晴天，一路上鋪滿星星。」

他笑了：

「是啊。」

她把手放在這肩膀上，感覺它是溫熱的，她心頭一陣激動——所以，這身體正受到威脅嗎？……

「你很強，但還是要小心！」

「小心，那當然……」

他又笑了。

他在穿衣服。每一次的夜間航行對他都有如一個節日，為了這次節日，他選擇最粗硬的衣料，最厚重的皮革，他打扮得像一個農夫。他變得越笨重，她越欣賞他，她親自為他扣上皮帶，拉提皮靴。

「這雙靴子穿起來不舒服。」

「這裡有另一雙。」

「幫我給緊急求救燈找根繩子。」

她望著他，親手把這身鎧甲上最後一處接縫蓋好，一切都理得整齊舒服。

「你很俊美。」

她瞧見他正在細心梳頭。

「是給星星看的嗎？」

「是不讓自己感覺老。」

「我真嫉妒……」

他又笑了，親吻她，把她摟緊，靠在自己笨重的衣服上。然後，伸直手臂把她抱起來，就像抱起一個小女孩一樣，始終帶著笑，把她放到床上：

「睡吧！」

他把門在身後關上，走到街上，在無法辨認的夜間行人中，跨出他征服之路的第一步。

而她留在那裡，滿心哀愁，望著這些花朵、這些書、這份柔情，這些對他來說，都只不過是一片海底了。

十一

里維業接見他：

「在您的上一次郵政飛航中，您給我鬧了一個笑話。當時氣象情況相當好，您卻給我折返——您是可以飛過去的，您害怕了？」

飛行員吃了一驚，沒有說話，沒料到會談及此事。他慢慢地互搓雙手，然後抬起頭來，正面直視里維業：

「是的。」

里維業內心深處相當同情這個年輕人，他那麼勇敢，竟然也害怕了。飛行員試著想為自己辯護。

「我當時什麼也看不見。當然，再遠一點……也許……無線電通訊員說……但是，我座艙裡的燈變弱了，我再也看不見自己的手。我想過打開位置燈，至少可以看到機翼，我什麼都看不到。我感覺像在一個大窟窿裡，沒辦法爬上來。這時候，發動機開始震動……」

「沒有震動。」

「沒有？」

「沒有。我們之後做了檢查，發動機很正常。不過，害怕的時候，總會以為發動機在震動。」

「當時誰會不害怕！山群聳立在我上面，我想上升時，遇到了強勁的渦流。您知道在什麼也看不到的時候……那些渦流……我不但沒有上升，反而往下掉了一百公尺。我連陀螺儀、氣壓表都看不見了。感覺發動機的轉速在減慢，變得滾燙，油壓也在降低……這一切都在暗中發生，就像生病一樣。看到燈火通明的城市時，我真是高興。」

「您的想像力太豐富了，去吧。」

飛行員走了。

里維業坐進扶手椅裡，伸手撥了撥自己灰白的頭髮。

「這是我最勇敢的飛行員。那天晚上他成功完成的事，實在非常了不起，但是，我要讓他擺脫內心的恐懼……」

接著，他的心像是又軟弱下來：

「要讓人喜歡，只需向人表達同情就行了。我不會同情，或者，是我把同情隱藏起來。然而，我也希望周圍的人對我友好，讓我感受人情的溫煦。醫生在他的職場工作中，會遇到友誼和溫情。但是，我服務的對象是一連串的事件，我必須鍛鍊部屬，讓他們能為事服務。夜晚，在辦公室裡，面對航程表時，我總深深感覺到這隱祕的規律。假如我任由自己鬆懈下來，讓排定好的事件自行推展，毫不監督，那麼，一些古怪奇特的事故就會發生。彷彿只要有我的意志力，飛機就不會在飛行途中墜毀，暴風雨也不至於延誤飛行的班機。有時，我也驚訝自己竟擁有這樣的能力。」

他又思索：「這或許清楚易懂，園丁在草坪上無休止的奮鬥正是如此。單單他手的力量就可以把大地不斷孕育的初始幼苗，推回泥土中，阻斷它們茁壯成林的可能。」

他想到那位飛行員：「我要讓他擺脫恐懼。我打擊的不是他，而是透過他顯現出來的，那種使人在未知面前癱瘓的阻撓。假如我傾聽他、同情他、認真看待他的危險遭遇，他便會認為自己真的是從神祕的國度回來的。大家害怕的恰恰只是這種神祕。必須讓這些人下到這陰暗的井裡，再上來，說自己什麼也沒遇見。

這個人必須落進濃濃黑夜的最深處，甚至連那盞只能照亮雙手或機翼的小小礦工燈也沒帶，卻是用他寬闊的肩膀來推開未知的東西。」

然而，在這場奮鬥中，在里維業和他的飛行員心底，是有一種無聲的弟兄情誼將他們連結在一起的。這是志趣相投一群人，懷有同樣求取勝利的渴望。但是里維業也回憶起他為了征服黑夜而展開的其他幾次戰鬥。

官方人士畏懼這個陰暗的版圖，宛如一片未經探勘的荊棘叢林。派遣一隊機組人員，以每小時兩百公里的速度，衝向隱藏在黑夜裡的暴風雨，大霧和有形障礙，在他們看來，是容許空軍來執行的冒險——於月色清明的夜晚離地起飛，投彈轟炸，重返基地。但是，定期的夜間飛航卻將注定失敗。「這對我們來說，是一個攸關生死的問題，」里維業曾經反駁，「因為我們在白天期間領先鐵路和輪船的優勢，都會在每個夜晚喪失掉。」

里維業也曾經厭煩地聽人談論結算表、保險，尤其是公眾意見：「輿論，」他反擊道……「是由人來掌控的！」他想著：「浪費了多少時間啊！有些事情……有些事情比這一切更重要。有生命的東西得推翻一切來存活，而為了存活，又創造出自身的規律。這是無法抗拒的。」里維業不曉得商業航空將在何時、又會如何處理夜間飛行的事宜，不過，應該對這不可避免的出路做好準備。

他回憶起自己在會議桌前，用拳頭撐著下巴，帶著一股奇異的力量感，聆聽那麼多的反對意見。他覺得這些意見空洞無意義，早已被生活否定了。他感覺自身的力量聚積在體內，像一個有重量的物體：「我的理由充分有力，我將會戰勝，」里維業心裡想著，「這是事件理所當然的走向。」當有人向他要求完美，萬無一失的辦法時，他回答：「規律是從經驗中來的。絕不可能在經驗之前，先認識到規律。」

經過長長一年的奮鬥，里維業獲勝了。有些人說：「那是由於他信念堅定，」另一些人說：「那全靠他的堅韌頑強，靠他那有如熊一般的行動力，」但是，根據他的說法，簡單多了，那是因為他朝對的方向持續努力。

但是，在開創之初，需要多麼謹慎小心啊！飛機只在天亮前一小時才起飛，日落後一小時就降落。等到里維業對自己的經驗較有把握了，這時，他才敢將郵政班機推進黑夜的深處。幾乎沒有追隨者，險些遭受否定，現在，他正孤獨地進行奮鬥。

里維業按鈴，以便了解飛行中班機的最新消息。

十二

而這時，巴塔哥尼亞的郵政班機正碰上暴風雨，法比恩並未打算繞道飛行。他估測雷雨區面積太廣，因為閃電直接襲向這個地區的內部，閃光映照出一層層堡壘狀的烏雲。他想先試著從雲層下方飛過，如果情況不妙，就決定返航。

他查看高度：一千七百公尺。他將掌心按壓在操縱桿上，開始下降。發動機震顫得很厲害，機身也抖了起來。法比恩依據判斷，調整下降的角度，接著，看地圖，確認丘陵的高度：五百公尺。為了保留迴轉的餘地，他往七百公尺的高度飛去。

他犧牲高度，就像人拿一大筆錢財來下賭一般。

一陣渦流使飛機突然往下降，機身抖得更劇烈了。法比恩感覺受到一種像是天地崩塌的無形威脅。他幻想自己正在返航，再次看見千萬繁星，可是，他連一度航向也轉不過來。

法比恩計算他的機會——這場暴風雨很可能是局部地區性的，因為下一個中途站特雷利烏[13]通報，當地四分之三的天空覆蓋著烏雲。這也就意味，要在這黑色混凝土般的雲層中飛上差不多二十分鐘。然而，飛行員卻滿懷憂慮。他迎著強風俯身向左，試圖看清還在無比濃黑的夜裡繞轉的模糊光線是什麼。可是，這甚至不再是光線，只是暗沉陰影的濃淡變化，或者是眼睛一時疲勞所致。

他打開機上通訊員遞來的紙條：

「我們現在在哪裡？」

法比恩真願意花上任何昂貴代價，只要能知道答案。他回答：「我不曉得，我們正使用指南針穿越暴風雨。」

他又俯身看，排氣管噴出的火焰讓他感到侷促不安，這火焰掛在發動機上，像一束火形成的花朵，那麼黯淡，簡直連月光也能把它抹滅，但是，在這片虛無中，它卻似乎成為有形世界裡唯一看得到的東西。他望著火焰，風把它吹得往上竄升，彷彿火炬。

法比恩每隔三十秒，就把頭伸進座艙裡，查看陀螺儀和羅盤。他不敢再打開

13 特雷利烏（Trelew）位於阿根廷中部，距離首都布宜諾斯艾利斯十七公里。

那些微弱的紅燈，這些燈發出的紅色光線讓他眼花了好久，可是，所有顯示數字的螢光儀表都發出像星光一樣的淡淡光芒。在座艙裡，置身指針和數字之間，飛行員感覺到一種虛假的安全感，在受波濤拍擊的船艙裡也會有同樣的幻覺。黑夜，和所有它夾帶而來的岩石、漂流物、丘陵，也以和海浪相同的驚人威力，撞擊著飛機，使它無可遁逃。

「我們現在在哪裡？」通訊員重複問了一遍。

法比恩又探出頭來，身子靠左，再用警戒的眼神做一次可怕的巡視。他再也不知道要多少時間、多少努力才能掙脫黑暗的束縛。他幾乎要懷疑永遠無法從中脫離，因為他把自己的性命全押在這張骯髒起皺的小紙條上，為了好好維持希望，他已經把紙條打開閱讀了上千次：「特雷利烏：天空四分之三被烏雲覆蓋，吹西風，風力微弱。」假如特雷利烏上空四分之三有雲，那麼就可以從雲層裂縫間瞥見這座城市的燈火，除非……

在更遠處，可預見的，讓人充滿希望的微弱白光牽引著他繼續飛行；可是，他內心不無懷疑，便草草寫了一張字條給通訊員：「我不知道是否能成功通過，請告知我後方是否依然晴天。」

答覆令他沮喪：

「科莫多羅[14]通報：不可能返回，暴風雨。」

他開始猜到這場暴風雨的不尋常攻勢，它正從安地斯山脈突然轉向，朝大海撲過來。那些沿途的城市，在他抵達之前，就會遭到颶風的掃蕩。

「詢問聖安東尼奧[15]的天氣。」

「聖安東尼奧回答：刮起西風，西部暴風雨。天空全部有烏雲。聖安東尼奧方面有噪音干擾，接聽很不清楚，我這邊也聽不清楚。因為高空放電，我想必須立刻收回天線。您要返航嗎？您有何打算？」

「別煩我了，問問布蘭卡港[16]的天氣。」

「布蘭卡港回答：預計二十分鐘內將有強烈暴風雨從西部侵襲。」

「問特雷利烏的天氣。」

「特雷利烏回答：西部有颶風，每秒三十公尺，兼有連續陣雨。」

14 科莫多羅（Commodoro）位於阿根廷南部巴塔哥尼亞地區。
15 聖安東尼奧（San Antonio）位於科莫多羅的北方。
16 布蘭卡港（Bahia Blanca）是位於阿根廷東部大西洋沿岸的港口城市，在聖安東尼奧的東北方。

「通知布宜諾斯艾利斯：我們四面八方皆受阻，暴風雨擴展範圍達一千公里，什麼也看不見。我們應該怎麼做？」

對飛行員而言，這個夜晚渺茫無盡，沒有彼岸，它既通不到港口（所有的港口似乎都無法靠近），也達不到黎明——汽油將在一小時四十分之後耗盡。飛機遲早都會被迫盲目地沉入這濃重的黑夜裡。

要是能堅持到天亮……

法比恩想著黎明，就像想著一片金黃色的沙灘，讓人在經過這艱困的一夜之後，可以停留在那兒歇息。遭受風暴重重威脅的飛機下方，將會出現毗鄰平原的海岸。平靜的大地將懷抱著它那沉睡中的莊園、它的牲畜群和它的丘陵。所有在陰影裡翻滾的漂流物都不再能傷人。假如可以的話，他多麼想朝白晝游去！

他想自己是被團團包圍了。在這深沉的黑夜裡，不管是好是壞，一切終會有所了結的。

那是真的。曾經有幾次，當太陽升起時，他都以為自己是歷劫重生了。

但是，兩眼盯著東方，那個太陽生活之地，又有什麼用呢？隔在他們之間的黑夜，如此淵深難測，如何能爬升得過。

十三

「亞松森[17]的班機飛航順利，兩點前可望到達。可是，巴塔哥尼亞的郵政班機嚴重誤點，似乎遇上了困難。」

「是的，里維業先生。」

「我們可能不會等它到了才讓歐洲航班起飛，亞松森的班機一抵達，您就來聽取指示。請將一切準備好。」

里維業此刻正在重讀北方各中途站發來的飛航安全電報。每封報告都為歐洲航班開啟一條月明朗朗的大道：「晴空，滿月，無風。」巴西的群山在月光的輝映下輪廓分外清晰，山上的黑森林筆直延伸，有如濃密髮絲沉浸在大海銀色的波濤中。月亮的光芒持續不懈地流淌在森林上，卻沒能為林木上色。而那些像海上漂流物一般，同樣是黑色的東西，是島嶼。那月亮宛如一座從不枯竭的光之泉，

17 亞松森（Asuncion）是南美巴拉圭首都，位在該國的南部。

源源不斷，照亮整條航程。

如果里維業下令起飛，歐洲航班的機組人員將會進入一個穩定的世界，整晚輕柔放光明。沒有任何東西會威脅到這個世界的光影平衡，即使清風微弱的拂盪也無法透進其中，這些清風若是吹得強勁些，就會使整個天空在幾小時內變得烏雲密布。

但是，里維業面對這片夜空的星月光輝，卻像勘查者面對禁止開採的金礦一樣，猶豫不決。南方的事件發展使里維業這位夜間航行的唯一捍衛者遭到非議。他的對手將會因為一次巴塔哥尼亞的航空災難，取得道義上的強勢地位，以至於里維業的信念可能從此無能為力。里維業的信念並未撼動——工作裡出現的裂縫曾經導致悲劇，但是悲劇也把裂縫顯露出來，而這就是悲劇所證明的問題。「在西部建立幾個觀察站或許是必要的……留待以後再說吧。」他又想著：「我有同樣充分的理由堅持下去，事故的原因既然暴露了，就少掉一個可能導致事故的原因。」失敗使強者變得更強。

可惜，這是場跟眾人一起玩的遊戲，在當中，事物的真正意義很少計分。大家在表面現象上定輸贏，然後計算可憐的分數。而人就被表面上的失敗所束縛。

里維業按鈴。

「布蘭卡港一直沒有發來電訊通報嗎？」

「沒有。」

「給我打電話連絡這個中途站。」

五分鐘後，他詢問道：

「為什麼沒傳任何通報？」

「我們聽不到航班。」

「它沒有發訊號？」

「我們不知道，暴風雨太大了。就算它傳訊，我們也聽不到。」

「特雷利烏那邊聽得到嗎？」

「我們聽不到特雷利烏。」

「打電話過去。」

「我們試過了，線路中斷。」

「你們那裡天氣如何？」

「暴風雨即將到，西部和南部有閃電，氣壓低，很悶。」

「風呢？」

「還算弱，十分鐘過後就不一定了，閃電迅速靠近。」

一陣沉默。

「布蘭卡港？您在聽嗎？好，十分鐘後再打電話來。」

里維業翻閱南方中途站傳來的電報，所有的報告都表示沒有收到飛機的訊號。有幾個中途站不再回電給布宜諾斯艾利斯了，地圖上，默不作聲的省分集結形成的斑點正在擴大，在那些區域裡的小城鎮早已飽受颶風侵襲，家家門窗緊閉，陰暗無燈的街道上，每棟房子也都與世隔絕，像一艘迷失在黑夜中的船。只有黎明才能讓它們重見天日。

然而，里維業俯身看地圖，依然希望發現一處可提供避難的晴空，他已經發電報給三十多個外省城鎮的警察局，詢問天空的狀況，而答覆正開始陸續傳到他這裡。在兩千公里的航線上，無線通訊站都接到命令，只要他們之中有人接聽到班機的呼叫，就得在三十秒內知會布宜諾斯艾利斯，辦公處這裡會告知避難地點，以便轉傳給法比恩。

接到凌晨一點召集通知的祕書們，已經返回他們的辦公室。他們在那裡不知怎麼就聽說夜間航行可能將暫停，而歐洲的航班只會在白天起飛。他們低聲談論著法比恩、颶風，又談到里維業。他們猜測人就在附近的他，正被這大自然的背離給一點一點地壓垮。

但所有的議論聲一下子全停了——里維業剛剛出現在他的辦公室門口，身體緊裹在大衣裡，帽子如往常一樣壓在眼睛上，彷彿永不歇息的旅行者。他步履平靜地走向辦公處主任：

「現在是一點十分，歐洲航班的文件都整理妥當了嗎？」

「我……我以為……」

「您不必以為，只要執行。」

他慢慢轉過身朝向一扇打開的窗戶，雙手交叉放在背後。

一位祕書走到他身旁：

「處長先生，我們得到的回覆不會多，他們通報說內地裡，許多電報線路已經被摧毀了……」

「好。」

里維業，動也不動，望著黑夜。

就這樣，每封電報都在威脅著航班。每座城市，在線路毀壞之前，能做出回應的，都報告颶風的行進有如一場侵略。「那是從內地，從安地斯山脈來的，它掃過整條航線，撲向大海……」

里維業認為星星太閃亮，空氣太潮濕。多麼奇怪的夜啊！它像外皮光亮的水果果肉，突然一瓣一瓣地腐壞。布宜諾斯艾利斯的上空還繁星點點，該出現的星座無一缺席，可是，這僅僅是一塊短暫存在的綠洲。可以說是個港口，卻遠在船員們的活動範圍之外。充滿威脅的夜，受惡風的碰觸而腐敗，難以征服的夜。

一架飛機，在夜的深處，某個地方，面臨危難，而地上的人們心情激動，卻無能為力。

十四

法比恩的妻子打電話來了。

每逢丈夫返航的夜晚，她都計算著巴塔哥尼亞班機的航行進程：「他從特雷利烏起飛了……」然後就又睡著了。一會兒之後：「他應該快到聖安東尼奧了，他大概看見城市的燈火了……」這時，她便從床上起來，揭開窗簾，觀測天空：「這麼多烏雲，會讓他飛得不順……」有時，月亮像牧羊人一樣，在天空緩慢移動。年輕的婦人看著月亮和這些星斗，丈夫的周圍有這無數的陪伴，讓她感到放心，她於是又躺回床上。將近一點鐘時，她感覺他靠近：「他應該不會太遠，他該看到布宜諾斯艾利斯了……」這時，她又起床，為他準備餐點，沖泡熱咖啡：「那上面，該有多麼冷啊……」她每次迎接他，總當他是從積雪的山峰下來似的：「你不冷嗎？——不冷！——還是暖暖身子吧……」近一點一刻，一切都準備好了。這時，她便打電話。

這一夜，就像其他夜晚一樣，她問道：

「法比恩著陸了嗎？」

祕書聽著她的話，有些慌亂起來：

「您是哪位？」

「西蒙娜．法比恩。」

「啊！請稍待片刻……」

祕書什麼也不敢說，將聽筒拿給辦公室主任。

「您是哪位？」

「西蒙娜．法比恩。」

「啊！……您有什麼事嗎，太太？」

「我丈夫著陸了嗎？」

電話彼端出現一陣看來無法解釋的沉默，接著，是一聲簡單的回答：

「沒有。」

「航班誤點嗎？」

「是的……」

又是一陣沉默。

「是的……是誤點了。」

「啊！……」

這是受傷的肉體發出的「啊」聲。誤點，這沒什麼……這沒什麼……但是，如果誤點的時間拉長……

「啊！……那他幾點會到這裡呢？」

「他幾點會到達這裡？我們……我們不知道。」

她現在是撞在一堵牆上。獲得的只是自己那些問題的回聲。

「請您回答我！他現在在那哪兒？……」

「他現在在哪兒？請等等……」

這種消極被動的答話方式讓她痛苦。在這堵牆後面，一定正進行著什麼事。

對方下定決心回答了：

「他十九點三十分從科莫多羅起飛了。」

「從那以後呢？」

「從那以後？……耽擱很久……天氣惡劣讓他耽擱了很久……」

「啊！天氣惡劣……」

多麼不公平，多麼狡詐，這月亮高高懸掛在那兒，無所事事地照著布宜諾斯艾利斯！年輕的婦人猛然想起，從科莫多羅到特雷利烏只要不到兩小時的時間。

「他朝特雷利烏飛六個小時了！可是，他會傳電訊給你們！他說了些什麼？……」

「他對我們說了什麼？當然，在這種天氣下……您了解的……他的電訊聽不清楚。」

「這種天氣！」

「那麼，就這樣了，太太，我們一有消息，就打電話通知您。」

「啊！你們什麼也不知道……」

「再見，太太……」

「不！不！我要和處長說話！」

「處長先生很忙，太太，他正在開會……」

「啊！不管！不管那麼多！我要跟他說話！」

辦公室主任擦了擦汗：

「請等一下……」

他推開里維業辦公室的門：

「法比恩太太想跟您說話。」

「來了，」里維業心想，「我害怕的事來了。」悲劇的情感因素開始出現。他起初想擯棄它們——母親和妻子不准進入手術室。在面臨危險的船隻上，也禁止感情衝動，那無助於救人。然而，他卻同意接聽了：

「把電話轉接到我的辦公室。」

他聽這遙遠的、顫抖的微小聲音，立刻知道自己沒辦法答覆她。他們兩人對峙是不會有絲毫結果的。

「太太，請您冷靜！在我們的行業裡，等很久才有消息是經常發生的事。」

他已到達了這個疆域，在此涉及的不是小小的個人悲痛問題，而是行動的問題。屹立面對里維業的不是法比恩的妻子，而是生活的另一種意義。對這個微小的聲音，這個如此憂傷，卻又存在敵意的訴說，里維業只能傾聽，只能表示同情。因為，行動和個人幸福無法共存——它們是互相衝突的。這個女子也是以一個絕對的世界，以這個世界的義務和權利的名義來說話的。那是一個夜晚餐桌上燈光明亮的世界，是肉身渴求慾望滿足的世界，是充滿期待、柔情、回憶的世界。她要求屬於她的那份財富，她是對的。而他，里維業，也是對的，但是，他無法提出任何理由來反對這個女子的真理。他在一盞素樸的家用燈光下，發現那屬於自己的，難以表達又不合人情的真理。

「太太……」

她不再聽了。他感覺她用弱而無力的拳頭抵著牆壁，倒了下來，幾乎就在他的腳邊。

有一天，當他們在一座施工中的橋梁附近，俯身看著一位受傷者的時候，有位工程師曾對里維業說：「一張砸傷的臉，值得為建一座橋而付出這樣的代價嗎？」這條路是開通供農民使用的，但沒有一個農民會為了能走這座橋，少繞遠路，而同意把那張臉壓毀得這麼可怕。可是，橋梁還是一座座建造起來。工程師補充道：「普遍利益是由眾多個別利益構成的，而它要維護的也不外乎是這些。」——「然而，」里維業之後曾回答他，「如果人的生命是無價的，我們在付出行動時，始終覺得好像有某種東西，在價值上超越了人命……但那是什麼呢？」

里維業想到飛機上的組員，心裡一陣痛楚。行動，即使是建造一座橋梁，也會摧毀幸福。里維業不能不自問：「這是以什麼名義？」

「這些人，」他想著，「這些可能就要消失的人，原本是可以幸福生活的。」他看見那些俯在夜燈照射下，黃金殿堂裡的臉孔，「我是以什麼名義把他們拉了出來呢？」他用什麼名義剝奪掉他們的個人幸福呢？法律的第一條不就是要保障這些幸福嗎？而他卻毀了它們。然而，這些黃金殿堂有一天註定會像海市蜃樓一樣消逝。年老和死亡會比他更無情地摧毀它們。也許有著其他某些需要拯救、而且更加持久的東西；也許里維業的工作正是要拯救人的這個部分吧？否則，行動就失去存在的理由了。

「愛，僅僅愛，那是走不通的死巷！」里維業隱約感覺到有一種比愛的責任更崇高的責任。或者那也是一種溫情，但是和其他的溫情截然不同。他想起一句話：「在於使他們永恆不朽……」他在哪兒讀到這句話的？「你們為自身追尋的東西是會消逝的。」他彷彿再次看見祕魯古代印加人為太陽神建立的廟宇。石塊筆直聳立在高山上。這個文明以它那些石塊的重量，壓著當今人類的心，像揮之不去的悔恨，沒有了石塊，這強有力的文明還剩下什麼呢？「古代民族的領導者，是以何種苛刻做為名義，或以何種奇怪的愛為名，強制他的人民把這座神廟建在高山上，從而迫使人民豎立起他們自己的不朽石碑呢？」里維業在沉思中又看到小城鎮的群眾，夜晚圍繞在他們的音樂平台四周。「這種幸福，這副沉重的盔甲……」他想。古代民族的領導者或許並不同情人的痛苦，卻對人的死亡無限憐憫。他憐憫的不是自己個人的死亡，而是將被沙海吞沒的全人類。然而他帶領著百姓立起石塊，那至少是沙漠掩埋不了的。

十五

這張折成四等分的紙條或許能救他，法比恩咬緊牙，把紙打開。

「無法和布宜諾斯艾利斯取得聯繫，連電報通訊機也無法使用了，手指一碰觸就冒出火星。」

法比恩感到惱火，想回答，但是，當他的雙手放開操縱桿要寫字的時候，一股強勁的氣浪穿透他的身體——渦流把五噸重的金屬，連同坐在飛機裡頭的他，舉高起來，使他不斷搖晃。他只好不寫了。

他用兩手重新擋住氣浪，把它往下壓低。

法比恩用力吸了一口氣。如果通訊員是因為害怕暴風雨而收回天線，法比恩就要在抵達時痛打他一頓。必須不惜任何代價和布宜諾斯艾利斯連絡上，彷彿在一千五百多公里遠的地方，還是可以拋一條繩索到這個深淵裡給他們似的。缺乏一絲顫動的光線，也看不到一盞旅店的燈火，它沒多大用處，卻可以像燈塔一樣顯示那兒有陸地，那麼，他至少必須聽到一個聲音，一個從那早已不存在的世界傳來的聲音，僅僅一聲也好。飛行員舉起拳頭，在紅色燈光裡搖晃了一下，想讓在後座的另一人明瞭這個充滿悲劇性的事實。但是對方正俯望著那遭風雨蹂躪的空間，城市湮沒，燈火熄滅，沒能認出這個真相。

法比恩會遵循一切建議，只要把話對他大喊出來，他想著：「假如他們對我說盤旋，我就盤旋，假如他們對我說往正南方飛……」那些在月光下鋪展祥和巨影的平靜地帶就存在某處。這些同事，在下面，會知道這地方在哪兒，他們個個像學者一樣熟悉各種情況，在美如花朵的燈光庇護下，俯身在地圖上，無所不能。他自己，除了渦流和黑夜之外，能知道什麼呢？而夜正以土石坍方的速度挾帶黑色激流朝他推進過來。他們不會把兩個人拋棄在龍捲風和雲層的火焰中不管。他們不會這麼做的，他們可以下指令給法比恩：「航向二百四十……」他就把航向定在二百四十。但此時他卻是獨自一人。

他覺得飛機這個物質體也在反抗。每次往下降時，發動機便震動得很劇烈，整個機身好像生氣發抖一樣。法比恩竭盡全力控制飛機，他把頭埋在座艙裡，面對陀螺儀顯示的視野，因為他迷失在一切混雜，有如世界初始的黑暗中，再也辨認不清機艙外的天與地。但是，方位指示儀的指針擺動得越來越快，使人難以跟得上。飛行員受指針影響，做了誤判，早已駕駛失當，飛機高度正在往下降，逐漸陷入這片黑暗中無法爬升。他讀到高度：「五百公尺。」這是丘陵的高度。他感到丘陵令人暈眩的高低起伏朝他滾滾而來。他也明白所有的山岳石崗，即使最小的也會讓他粉身碎骨，這些山岳石崗都像從地面上被拔起一樣散開來，開始醉醺醺地在他周圍打轉。一種高起重落，向他步步逼近的舞蹈正在展開。

他下定決心，就算冒著猛撞地面的危險，他也要在任何地方降落，但至少要避開山丘。為此，他放射唯一的一顆照明彈。照明彈點燃了，旋轉，照亮一片平原然後落在上面熄滅——那是大海。

他很快想到：「完了，我校正四十度，還是偏航。這是颶風，陸地在哪兒？」他轉彎朝正西飛。他想：「現在，沒有照明彈，我簡直是在自殺。」這樣的情況總有一天會到來的。而他的伙伴，在後面……

「他一定把天線收回了。」

但是，飛行員不再怪他。他自己只要鬆開手，他們的生命也會立刻從他手中流逝，像一粒虛幻的塵埃。他手裡掌握著的是伙伴和自己的這兩顆跳動的心。突然，他的雙手令他感到害怕。

渦流的連續撞擊使方向盤不斷震動，必須減緩震動，否則操縱電纜會被磨斷，因此，他早已使盡全力緊緊抓住方向盤，他始終抓著不放。這時，他的雙手因為用力過久而麻痺了，他想動動手指，試試看有無感覺——他不知道指頭是否還聽自己使喚。他的雙臂末端好像不是自己身體一部分似的，而是沒有知覺、鬆軟的羊腸囊。

他想：「我必須全神貫注，想像自己是抓緊的……」他不知道腦中的想法是否能傳達到手上，他只在肩膀疼痛了才察覺方向盤的震動：「它會滑落的，我的手快要鬆開了……」但是，他對自己竟然說出這樣的話而驚嚇不已，因為這一次，他似乎感到自己的雙手正聽從內心圖像的神祕暗示力量，在黑暗中，慢慢鬆開，把他交出去。

他原本還能夠奮鬥、試試運氣的，外在世界並無所謂宿命性。但是，卻有一種內心的宿命——有那麼一分鐘，人會發現自己的脆弱，這時，你便會暈頭轉向，受到種種錯誤的吸引。

而正是在這一分鐘，幾顆星星在他的頭上，在暴風雨的裂縫間，閃閃發亮，有如放置在捕魚簍底部的致命誘餌。

他能清楚判定那是個陷阱——有人在天空的缺口裡看到三顆星星，朝它們高飛，然後就再也不能下降，留在那兒咬著星星，無法掙脫……

可是，他是那麼渴望光明，所以他往上飛。

十六

他往上飛，一面藉由星星做方位標，修正航向，避開渦流。星光像蒼白的磁鐵吸引著他。飛行員曾經花那麼久的時間苦苦追尋光明，所以就算是最模糊的亮光他也不會放過了，即使是像旅店的一絲微光，他也願意繞著這個他渴望已久的信號，一直到死。此刻，他正朝著那片光明飛升。

在這口先是開啟、後又在機身下方關閉的井裡，他逐漸盤旋著往上飛。隨著他越升越高，雲層那汙泥般的黑影也漸次消褪，反而像越來越清淨潔白的波浪一樣向他湧來。法比恩從雲層裡穿了出來。

他驚訝極了——周遭明亮得讓他目眩，他不得不閉上眼睛幾秒鐘。他從來不相信雲朵在夜裡居然會讓人目眩。可是，一輪圓月和所有的星座正把雲變成光輝燦爛的波濤。

在機身穿出雲層的那一秒鐘，飛機已經一下子進入一片非比尋常的寧靜中。沒有一點氣浪來傾斜機身，飛機像一艘小船越過堤壩，駛進水庫裡。他正置身在天空中隱藏的、無人知曉之處，就像幸福島嶼間的小海灣。暴風雨在他的下方，形成另一個厚達三千公尺的世界，裡頭充斥著狂風、水龍捲、閃電，但是，它轉向星辰的卻是晶瑩的雪白面孔。

法比恩以為已經到達奇異的虛無飄渺之境，因為一切都變得燦亮，他的雙手、他的衣服、他的翅翼。因為光不是從星辰處往下照的，卻是從他的下方，從他的周圍，從這些白色的雲團裡釋放出來的。

在他下方的這些雲，把從月亮那兒接收來的雪光全部反射出來。左右兩邊，高聳如塔的雲也一樣。空間裡流動著一片乳白光，機組人員沉浸在其中。法比恩轉過身，看見通訊員在微笑。

「這可好多了！」他喊著。

但是，他的聲音消失在飛行的噪音中，只有微笑傳遞著內心的感受。「我絕對是瘋了，」法比恩心想，「居然還笑，我們可是完蛋了。」

然而，無數隻隱祕的臂膀早已把他放開，他像是一個鐐銬被解開的囚犯，暫時獲准在花叢間獨自走動。

「太美了，」法比恩想。群星有如緊密堆疊的寶藏一般，而他正在群星之間漫步，在這個世界裡，除了他——法比恩，和他的伙伴之外，沒有任何生命，完全沒有任何生命。他們就像傳奇城市中的小偷，被關在財寶室裡，再也無法出來。他們遊蕩在冰冷的寶石間，擁有無限財富，卻陷在挽回不了的絕境中。

十七

在巴塔哥尼亞的科莫多羅．利瓦達維亞中途站裡，一位無線電報務員突然做了一個手勢，所有守在站台裡束手無策的值班員紛紛靠攏過來，圍在此人身旁，俯身看。

他們低著身子，看著一張被強光照射的空白紙。報務員的手還猶豫不決，鉛筆在擺動著。報務員的手還沒有寫下停留在耳際的字母，但手指已經在顫抖。

「雷雨？」

報務員點頭表示「是」。雷雨的劈啪輕微爆裂聲使他無法聽懂訊息。

他記下幾個難以辨認的記號。然後，是幾個字。接著可以拼湊成文章了：

「困在暴風雨上空三千八百公尺處，偏航到海面上空，現朝正西方往內陸飛，下面全被烏雲堵住。不知道是否仍在海面上空，請告知暴風雨是否擴及內陸。」

由於雷雨的緣故，必須要把這封發給布宜諾斯艾利斯的電報一站接一站地傳遞。電訊在夜裡往前傳送，就像炮樓上相繼點燃的烽火。

布宜諾斯艾利斯傳出回答：

「暴風雨遍及內陸，剩下多少汽油？」

「半小時航程。」

這句話在一個個守夜人接力遞送下，再傳回布宜諾斯艾利斯。

飛機組員，在半小時之內，注定要深陷颶風裡，狂風將使他們偏離航路，摔落在地面上。

十八

里維業沉思著。他不再抱持希望，這對機組人員將會沉沒在黑夜裡的某個地方。

里維業回憶起曾經震撼他童年的一個景象：人們排乾池塘的水來找出一具屍體。在這一大片黑暗從大地上消失之前，在這些沙地、原野、麥田於白日重現之前，也不會找到什麼的。日後，一般農人也許會發現兩個小孩，手肘彎曲蓋在臉上，看起來像睡著了，躺在草地上、金光中，周遭一片祥和。但是，他們卻是已經被黑夜淹死了。

里維業想到在有如神奇海洋般的深沉黑夜裡，埋藏著的寶藏……夜裡的蘋果樹，帶著滿樹尚未授粉的花朵等待天明。夜是富裕的，充滿香氣，熟睡的羔羊以及尚無顏色的花朵。

漸漸地，肥沃的耕地、濕潤的樹林、鮮翠的苜蓿，都將朝著白日升起。但是，在這些已無傷害力的丘陵、草原和羔羊之間，在動靜調和的世界裡，有兩個小孩似乎在睡覺。某些東西已經從這個可感知的世界漂流到另一個世界。

里維業了解法比恩的妻子，她不安而溫柔。這份愛情才剛給予她不久，像把玩具借給一個窮苦的孩子。

里維業想到法比恩的手，它還有幾分鐘的時間，抓住操縱桿，掌握自己的命運。這隻手曾經愛撫過，這隻手曾經放在一個胸脯上，像神祇的手在心中掀起波濤；這隻手曾放在一張臉上，改變了這張臉的表情。這隻手是神奇之手。

法比恩夜裡在壯麗輝煌的雲海上遨遊，但較低處，卻是永恆。他迷失在只有他一人居住的星座群之間。他依然把世界掌握在雙手中，讓世界靠在他的胸膛上均衡擺盪。他將沉重的人類財富緊扣在方向盤上，帶著終究必須交出的無用珍寶，絕望地從一顆星星漂移到另一顆星星。

里維業想到有一個無線通訊站仍在監聽班機的消息。唯一還使法比恩與世界聯繫的是一道音樂般的電波，一線悲傷的起伏。不是呻吟，不是叫喊，卻是最純粹的絕望之聲。

十九

侯畢諾打破了里維業的孤寂：

「處長先生，我想過……我們或許可以試試……」

他沒有提議什麼，但表達著他的善意。他多麼想找到一個解決辦法，也像解謎語似地在尋找解答。他總是找得到解決方法，而里維業從來就不聽：「侯畢諾，您要知道，生活裡，不存在解決辦法。存在的是各種發展中的力量，必須創造這些力量，解決辦法就會隨之而來。」因此，侯畢諾便把他的角色侷限於在全體機械師裡，創造一種時時刻刻行進的力量，一股微薄的前進力量，保持螺旋槳轂免於生鏽。

但是，這天夜裡發生的種種事件使侯畢諾束手無策。他督察員的頭銜對雷雨根本一點威力也沒有，對幽靈一般的機組人員也是如此。老實說，機組人員此刻不再是為了守時的獎金而掙扎搏鬥，而是為了逃躲那唯一使侯畢諾的懲罰無效的懲罰——死亡。

現在，無處使力的侯畢諾在各辦公室間來回踱步，沒事可做。

法比恩的妻子讓人通報了自己的到來。她非常憂慮不安，正在祕書的辦公室裡，等待里維業接見。祕書們偷偷抬眼看她的臉。她感到一種羞慚，害怕地望著四周——這裡的一切都在排拒她，這些人繼續著他們的工作，就像踩在一具屍體上行走，這些卷宗，人的生命，人的痛苦在裡頭只剩下硬梆梆的數字殘渣。她尋找能向她談論法比恩的跡象。在家中，一切都顯示他不在——被褥掀開了一半的床、泡好的咖啡、一束花……她沒發現任何跡象。這裡的一切都與憐憫、友誼、回憶對立。她唯一聽見的一句話（因為沒有人在她面前提高音量說話）是一個職員的咒罵，他正在向人要求一張清單：「……發電機的清單，搞什麼鬼！就是我們寄給桑托斯的那張。」她抬眼看這個人，帶著無限驚訝的表情。然後，看向那一面張貼著地圖的牆。她的嘴唇微微顫抖，幾乎讓人察覺不到。

她猜到自己在這裡代表著一個敵對的真理，感到十分不自在，幾乎後悔前來，恨不得找地方躲藏，忍著咳嗽和哭泣，生怕太過引人注目。她覺得自己彷彿赤身裸體似的，異常、不合禮儀。但是，她代表的真理是如此強烈，使得那些短促瞥過的眼神仍三番兩次偷偷望向她的臉。這個女子非常美，她向男人們顯示了神聖的幸福世界，她顯示著人們在行動時無意間傷及的是怎樣莊嚴的生活內容。面對這麼多的目光，她閉上了眼睛。她顯示著人們在無意間能摧毀的是怎樣的平和。

里維業接見了她。

她來這裡怯生生地為她的花朵、她泡好的咖啡、她年輕的肉軀進行辯護。在這個還要更冷的辦公室裡，她的嘴唇再一次輕微顫抖。她也發現她自己的真理在這另一個不同的世界裡，難以表達。她感到那自她內心湧起的、熱烈到近乎野蠻的愛，以及忠誠，在此都換上一副自私又惹人厭的面目。她真想逃跑：

「打擾您了……」

「太太，」里維業對她說，「您沒有打擾我。不幸的是，太太，您和我除了等待以外，沒有更好的辦法。」

她微微聳了聳肩膀，里維業了解她的意思：「我回去看見那盞燈、那準備好的晚餐、那些花，又有什麼意義呢……」一位年輕母親有天曾向他透露：「我的孩子死了，我卻還沒能明白這件事。令人難受的是那些小事物，我找到那些他穿過的衣服。還有，夜裡我醒來時，那依舊湧上心頭的溫柔，這份柔情從今以後，就像我的奶水一樣，毫無用處……」對於這個婦人而言，法比恩的死，明天才剛要開始，他的死亡將會出現在此後每一個不再有意義的動作裡，在每一件物品裡。法比恩將慢慢地離開她的家。里維業把深刻的憐憫藏在心底。

「太太……」

年輕婦人帶著近乎謙卑的微笑離開，不知道她自己擁有的力量和堅強。

里維業坐下來，內心有些沉重。

「不過，她幫助我發現我在尋找的東西……」

他不經意地輕拍那些北方中途站傳來的飛航安全電報。他思索著：

「我們要求的不是永恆不朽，而是不要看到行動和事物突然之間失去它們的意義，這時在我們周圍的空虛就會顯露出來……」

他的目光落在電報上：

「死亡就是從這兒進入到我們中間——這些不再具有意義的訊息……」

他看看侯畢諾，這個平庸的小伙子，現在毫無用處，也不再有意義。里維業口吻幾近嚴厲地對他說：

「我還得要親自編派你工作嗎？」

接著，里維業推開通向祕書室的門，種種跡象都讓他強烈感受到法比恩顯然不在了，而這些跡象卻是法比恩太太無法看出來的。法比恩駕駛的飛機R.B.903的卡片已經放置在牆上飛航調度圖「物資無法使用」的欄位裡。正在準備歐洲郵政班機文件的祕書們，知道航班要延後了，工作都不太起勁。機場打來電話，詢問要給現在正毫無目標守夜的機組什麼指示。生活的諸多職能都放慢下來，「死亡，這就叫死亡！」里維業想。他的事業正猶如一艘帆船，在無風的海上，停止前進。

他聽見侯畢諾的聲音：

「處長先生……他們結婚才六個星期……」

「去工作吧。」

里維業始終望著祕書們，在祕書之外，他還望見工人、機械師、飛行員，所有曾經懷抱創建者的信念，在他的事業中幫助過他的人。他想起那些往昔的小城鎮，聽人談論「島嶼」，就著手為自己建造一艘船，以便裝載他們的希望。讓人們可以看到他們的希望揚帆在海上航行。由於一艘船，所有人都成長茁壯，超越自我，獲得解脫。「目的或許不能證明什麼，但行動卻能把人從死亡中解放出來。這些人經由他們的船而持續長存。」

而當里維業使電報重新具有完整的意義，使值夜的組員再度緊張不安，使飛行員再次飛往危險重重的目的地時，他也是在與死亡搏鬥。生活將使這個事業重新活躍起來，就像風又推動帆船在海上行駛。

二十

科莫多羅．利瓦達維亞再也聽不見什麼了，但是二十分鐘以後，在距離此地一千公里處，布蘭卡港截獲到第二則訊息：

「我們在下降。進入雲層中……」

接著，在特雷利烏的通訊站裡，出現一則模糊難懂的文章裡的幾個字：

「……什麼都看不見……」

無線電短波就是這樣，那邊截取到一些，但是這裡則聽不見聲息。然後，沒由來地，整個改變了。這方位不明的機組人員，對活著的人來說，早已處於空間和時間之外，在幾個電報通訊站的白紙上寫字的，已經是一些幽靈了。

汽油耗盡了嗎？或者飛行員正在故障發生前，做最後的嘗試，希望降落時沒有猛撞地面？

布宜諾斯艾利斯的聲音對特雷利烏下達指令：

「問他這件事。」

無線電接收站像一所實驗室一樣——鎳、銅、壓力計、導體的網路。值夜的操作員穿著白色工作服，沉默不語，似乎彎身在進行一件普通實驗。

他們用靈敏的手指按觸儀器，探索磁性的天空，有如探測地下水源的人尋找泉脈。

「沒有回答嗎？」

「沒有回答。」

他們或許將捕捉到這個表示生命還在的音符。如果飛機帶著機身上的航行燈再返回群星之間，他們也許將聽見這顆星星唱歌……

時間一秒一秒地流逝，真正像血一樣流掉了。飛機還在飛行嗎？每一秒鐘都帶走一次機會，流失的時間似乎正是這樣進行摧毀。它在兩千年間襲擊一座廟宇，鑽進花崗岩內到處侵蝕，使廟宇崩塌，化成四散的塵土。而現在，幾世紀的磨耗力集聚在每一秒鐘裡，並威脅著一對機組人員的存亡。

每秒鐘都帶走某些東西。

法比恩的聲音、法比恩的笑，那微笑。機場籠罩在一片沉默中，一種越來越重的沉默，像大海，重壓在這對機組人員身上。

這時，有人提醒：

「一小時四十分了，汽油消耗量的最後極限，他們不可能還在飛行了。」

所有的心都沉寂下來。

唇邊湧現一股苦而淡的味道，像旅行到了終點。某件事，某件叫人有點噁心的事，完成了，而大家對這件事的內容卻一無所知。在所有這些鎳、這些銅質的電線之間，大家感覺到的是瀰漫在廢墟工廠中的那種淒涼。所有這些設備顯得笨重、無用，喪失了設置的目的——有如一堆枯死的樹枝。

只能等待天亮。

再過幾小時，整個阿根廷就會浮現在陽光下，這些人待在這裡，像在一片沙灘上，面對著漁網，大家正在把它拉上岸，慢慢往上拉，卻不知道網裡有些什麼。

里維業在他的辦公室裡，感到一陣鬆弛，人唯有在經歷大災難，不再受命運磨難時才會有這樣的感受。他已派人向全省分的警察局報警。他無法再做什麼了，必須等待。

但是，即使在辦喪事的房子裡，也應該保持秩序。里維業向侯畢諾示意：

「發電報給北方的各中途站：預料巴塔哥尼亞的航班會嚴重誤點，為了不讓歐洲航班耽擱過久，擬將巴塔哥尼亞郵件合併交由下一班歐洲航班載運。」

他身體稍微往前彎，但是，他盡力振作，想起某件事，一件嚴重的事。啊！是了，為了不忘記，他說：

「侯畢諾。」

「里維業先生？」

「您擬定一份通知，禁止飛行員的轉速超過一千九百轉——他們是在給我蹧蹋發電機。」

「好的，里維業先生。」

里維業身體更彎了些，他極需要自己獨自靜一靜：

「去吧，侯畢諾，去吧，老兄……」

在死亡的重重陰影前，這樣平等的對待，讓侯畢諾感到害怕。

二十一

侯畢諾現在憂鬱地在各辦公室間晃來晃去。公司的生命步調已經停頓了，因為原本預計在兩點出發的這個航班將被取消，要改到天亮才起飛。職員們仍然緊繃著臉值班，但是這個值班是沒有用了。北方中途站的飛航安全電訊還定時規律地發送過來，但是他們通報的「晴空」、「明月」和「無風」卻令人聯想到一個寸草不生的貧瘠國度，一片月光與石塊遍布的沙漠。侯畢諾沒緣由地翻閱著辦公室主任正在準備的一份卷宗，這時，他發覺對方正站在自己面前，帶著傲慢的尊重，等他交還卷宗，那樣子像是在說：「您什麼時候想管就管，是嗎？這可是歸我的……」一個屬下擺出這種態度，讓督察員感到相當不快，但是，他想不出任何回答，惱怒地把卷宗遞給對方，辦公室主任神態甚為高貴，走回去坐下。

「我早該叫他走人的，」侯畢諾心想。為了維持長官的舉止，他走了幾步，一邊想著那件悲劇。這悲劇可能導致一個政策遭到廢止，侯畢諾為這雙重的喪失而感到傷心。

然後，他想起里維業關在自己辦公室的身影，里維業還對他說：「老兄……」這個人從來沒有這麼孤獨無援過，侯畢諾對他產生莫大的憐憫。他在腦中搜尋幾個隱約表達同情和安慰的句子，內心激盪著一種他認為非常高尚的情感。他於是輕輕敲門，沒有人回應。在這片寂靜中，他不敢敲得更響，他推開門，里維業在裡頭。侯畢諾走進里維業的辦公室裡，心中第一次覺得自己幾乎和里維業處在同一水平身分上，有點像朋友，在他的想法中，他有點像一個中士，冒著槍林彈雨，找到受傷的將軍，陪伴將軍一路潰逃，在流亡中，成了他的弟兄。

「無論發生什麼事，我都和您在一起，」侯畢諾似乎想要這麼說。

里維業沒有說話，垂頭看著自己的雙手。侯畢諾站在他的面前，不敢再開口。這頭雄獅即使衰弱疲憊，仍然使他畏懼。侯畢諾準備的話語越來越洋溢著忠誠之情，但是，每次他抬眼，都看到這個低垂的頭顱，這灰白的頭髮，這緊閉的雙唇正忍受著多少痛苦啊！終於，他下定決心：

「處長先生……」

里維業抬起頭看他。里維業像是從一個太深沉、太遙遠的夢中醒來似的，也許尚未留意到侯畢諾在場。沒有人知道他做了什麼夢，有什麼感受，心中為了什麼喪事守孝。里維業看著侯畢諾許久，好像看的是某件事的存活證人。侯畢諾感到很不自在，里維業越是看著侯畢諾，他的唇上越是流露出一種難以理解的嘲弄表情。里維業越是看著侯畢諾，侯畢諾越是臉紅；對里維業來說，侯畢諾越像是抱著感人，但不幸是本能的好意，前來這裡證明人類的愚蠢。

侯畢諾整個人惶恐不安。什麼中士、將軍、槍林彈雨，全都不存在了，某些無法解釋的事情正在發生。里維業始終看著侯畢諾。這時，侯畢諾不由自主地稍微調整了一下姿勢，把手從左邊的口袋裡抽出來。里維業始終看著侯畢諾。這時，終於，侯畢諾窘迫萬分，自己也不曉得為什麼，就發聲了：

「我是來聽取您的指示的。」

里維業掏出錶，態度自然地說：

「兩點了，亞松森的班機會在兩點十分著陸，讓歐洲班機在兩點十五分起飛。」

侯畢諾把這個驚人的消息傳播開來——夜間航行沒有中斷。侯畢諾對辦公室主任說：

「您把那份卷宗拿過來讓我審查一下。」
當辦公室主任走到他面前時，他說：
「您等一等。」
辦公室主任便站著等待。

二十二

亞松森的班機通報即將著陸。里維業，即使在最艱困的時刻，也還是依據一封接一封的電報，注意班機航行的順利進展。處在這片人心惶惶中，對他而言，那是他信念的回報，是證據。這次順利的飛行，經由沿路傳回的電報，預示著其他許多飛行也將一樣順利。

「不是每一夜都有颶風的，」里維業還想著，「道路一旦打通了，就會有人繼續走下去。」

飛機從巴拉圭往西南飛，就像從一座充滿花朵、低矮房屋和緩緩流水的可愛花園飛來，經過一個又一個中途站，順著颶風的邊緣滑行而過，颶風連一顆星星也沒有模糊掉。飛機上的九位乘客，裹在旅行毛毯裡，額頭緊貼著窗戶，就像倚靠在擺滿珠寶的櫥窗上，因為阿根廷的小城鎮在夜裡早已像粒粒黃金閃爍生輝，那光芒反倒使高空上星星的金光顯得蒼白。飛行員坐在前座，雙手托著一整飛機寶貴的人命負荷，睜大雙眼，眼裡滿滿月色，像一個牧羊人。布宜諾斯艾利斯的地平線已經布滿粉紅色的光，不久，城市裡所有的石塊都將有如神話中的寶藏一般，綻放異彩。機上通訊員用手指發送出最後的幾封電報，恰似在天空快活地輕彈出一首奏鳴曲的幾個最終音符，這樂曲，里維業懂得。接著通訊員收回天線，然後梢微伸展一下肢體，打哈欠，微笑——飛機抵達了。

飛行員著陸之後，見到歐洲航班的飛行員，對方背靠著自己的飛機，雙手插在口袋裡。

「接下來是由你飛嗎？」

「對。」

「巴塔哥尼亞的班機在嗎？」

「我們不等它，失蹤了。天氣好嗎？」

「天氣非常好。法比恩失蹤了？」

他們很少談論這類事情。在他們之間存在深厚的弟兄情誼，無需話語表達。

工人們正把從亞松森轉口的大袋郵件，換裝到歐洲航班裡。飛行員始終動也不動，頭往後仰，頸項靠在座艙上，望著天上的星星。他感覺體內有股巨大的力量在生成，內心有強烈的歡快感。

「裝完了？」一個聲音說，「那麼，發動吧。」

飛行員沒有動，有人把他的發動機啟動。飛行員透過靠著飛機的雙肩，感覺飛機要活起來了。聽過那麼多「飛……不飛……」的假消息之後，飛行員終於得到確切的訊息：「要飛了！」

他的嘴巴微微開啟，他的牙齒在月光下閃亮，好似小猛獸的牙齒。

「黑夜裡，要當心，嘿！」

他沒有聽見伙伴的忠告，他雙手放在口袋裡，頭向上仰起，面對著雲、山脈、河川和海洋，這時，他開始無聲地笑著。他毫不用力地笑，但是，那輕笑掠過他的心，就像一陣吹過樹梢的微風，讓他整個人顫抖起來。他毫不用力地笑，但這輕笑卻比這些雲、這些山脈、這些河川和這些海洋更加強而有力。

「你怎麼了？」

「里維業這個笨蛋把我……他以為我害怕！」

二十三

一分鐘後，他將穿越布宜諾斯艾利斯的上空，里維業重新繼續自己的奮鬥，想要聽聽飛機的聲音。聽這聲音生成，轟隆吼叫、消失，像一支軍隊踩著無比雄壯的步伐挺進群星中。

里維業雙臂交叉，走過祕書之間，在一扇窗戶前停下腳步，傾聽並思索。

假使他暫停一次起飛，夜間飛行的事業就會因此終止，弱者們將會在明天攻訐他。但是，里維業搶先一步，在夜裡，放行了這另外一對機組人員。

勝利……失敗……這些詞並沒有什麼意義。生活處在這些影像下面，早已在醞釀新的形貌。一場勝利削弱了一個民族，一場失敗又喚醒另一個民族。里維業遭受的失敗或許是一個把真正勝利拉得更近的契機，而唯一重要的是正在進行的事件。

五分鐘後，無線電通訊站將會向各個中途站發出預警。在一萬五千公里的航程上，生命的震顫將會解決所有的難題。

管風琴般的樂音已經響起，那是飛機。

里維業步履緩慢地回到自己的工作崗位，他行經祕書中間，祕書看見他嚴厲的眼光都低下頭去。偉大的里維業，獲勝的里維業，他擔負著自己沉重的勝利。

國家圖書館出版品預行編目資料

小王子（附：夜間飛行）／安東尼 ・ 聖修伯里（Antoine de Saint-Exupéry）原著，呂佩謙翻譯
二版；臺中市；好讀，2019.07
面；　公分　（典藏經典；112）
譯自 : Le petit prince

ISBN 978-986-178-495-3（平裝）

876.57　　108009374

好讀出版

典藏經典 112

小王子 Le petit prince（附：夜間飛行）

作　　者／安東尼 ・ 聖修伯里 Antoine de Saint-Exupéry
譯　　者／呂佩謙
總 編 輯／鄧茵茵
文字編輯／王智群、簡綺淇
內頁編排／王廷芬
發 行 所／好讀出版有限公司
台中市 407 西屯區工業 30 路 1 號
台中市 407 西屯區大有街 13 號（編輯部）
TEL:04-23157795 FAX:04-23144188 http://howdo.morningstar.com.tw
（如對本書編輯或內容有意見，請來電或上網告訴我們）
法律顧問　陳思成律師

讀者服務專線／ TEL：02-23672044 / 04-23595819#212
讀者傳眞專線／ FAX：02-23635741 / 04-23595493
讀者專用信箱／ E-mail：service@morningstar.com.tw
網路書店／ http : //www.morningstar.com.tw
郵政劃撥／ 15060393（知己圖書股份有限公司）
印刷／上好印刷股份有限公司
如有破損或裝訂錯誤，請寄回知己圖書更換

二　　版／西元 2019 年 7 月 1 日
二版三刷／西元 2023 年 9 月 10 日
定　　價／ 250 元
如有破損或裝訂錯誤，請寄回臺中市 407 工業區 30 路 1 號更換（好讀倉儲部收）

Published by How Do Publishing Co., Ltd.
2023 Printed in Taiwan
ISBN 978-986-178-495-3